suhrkamp taschenbuch 3064

Im Jerusalem des Jahres 30, drei Tage nach der Kreuzigung seines Herrn, macht sich Judas Thomas, der Zweifler unter den Jüngern, auf die Suche nach der Leiche, dem »Corpus Christi«. Er meint dem wirklichen Geheimnis auf der Spur zu sein: einer Gruppe von Unbekannten, die den Körper des Meisters fortgeschafft haben soll. Tatsächlich hat man im Grab des Gekreuzigten eine Frau verhaftet: Tirza, eine Fremde aus Damaskus. Judas Thomas fragt sie aus – und erfährt von ihr Unerhörtes.

Patrick Roths Text ist ein »längeres Gedankenspiel« von kriminalistischer Brillanz. *Corpus Christi* unterstreicht: »In der deutschsprachigen Literatur von heute hat Patrick Roth nicht seinesgleichen.« (Sigrid Löffler)

»Roths Bücher lassen sich durchaus den Werken anderer Künstler an die Seite stellen, denen ähnliches gelingt – den Filmen Andreij Tarkovskijs etwa oder der Musik von Arvo Pärt. Seine Trilogie stellt zweifellos eines der außergewöhnlichsten Projekte der deutschen Gegenwartsliteratur dar.« (Bayerischer Rundfunk)

Patrick Roth, geboren 1953 in Freiburg, lebt als freier Autor in Los Angeles. *Corpus Christi* ist der dritte, in sich geschlossene Teil seiner Christus-Trilogie (*Riverside*, st 2568; *Johnny Shines oder Die Wiedererweckung der Toten*, st 2783).

Patrick Roth
Corpus Christi

Suhrkamp

Umschlagabbildung: Caravaggio.
Die Wiedererweckung des Lazarus.
Nationalmuseum Messina.

suhrkamp taschenbuch 3064
Erste Auflage 1999

Druck: Nomos Verlagsgesellschaft, Baden-Baden
Printed in Germany
Umschlag: Göllner, Michels, Zegarzewski
ISBN 3-518-39564-5

2 3 4 5 6 7 – 09 08 07 06 05

Corpus Christi

Aber laß mich jene Zeit übergehen:
was hätt ich noch mit ihr zu schaffen,
von der ich keine Spur mehr finde.

Augustinus

We took the dead man in sheets
to the river flanked by love
Deep enough to dive
Deep enough to dive

Live

Herr, wir wissen nicht, wo du hingehst;
und wie können wir den Weg wissen?

Johannes 14,5

In futurity
I prophetic see
That the earth from sleep
(Grave the sentence deep)

Shall arise …

William Blake

1

Wenn es wahr ist, daß sie den Leichnam hat, dann will ich sie abpassen. Zu ihren Helfern soll sie mich führen, von dort aber an den Ort, wo sie Dich hingelegt haben.

Dann will ich Dich sehen, mich überzeugen davon, daß das Sehen der Frauen ja wohl mit Liebe zu tun haben mag – daß sie Dich nämlich aus Liebe sahen –, den Tatsachen aber nicht entspricht.

Dann will ich den Herrn sehen, den Menschen, niederknien vor Deinem Leichnam, Dich bitten, mir zu vergeben, daß ich nicht mutig genug war, mich in den Weg zu stellen denen, die Dich kreuzigten.

Daß ich aus Angst, selbst verhaftet zu werden, nicht mutig genug war, nach draußen zu gehen, Dir, als Du tot warst, vom Holz der Verdammten zu helfen, Dich zu Grabe zu tragen. Nein, aus Angst, Dich sterben zu sehen, Angst, Dir aus fehlendem Mut nicht mitsterben, nicht nachsterben zu können, fern blieb.

Grausam war.

Uns aber wurde ebenso grausam getan. Nach innen, ins verriegelte Haus, drang uns, von Vorbeilaufenden zwischen die Ritzen gespieen, von heimkehrenden Frauen geflüstert, leis unter die Unsrigen verteilt:

Bericht.

Daß Wunden und Qual des Gebundenen sich uns vorstellten, die wir die Zeit des Wartens im verschlossenen Haus über der Tiefe solcher Mißhandlung zubrachten. Denn also in Schlägen, vorgeahnten und nachberichteten, zählte sich uns die Zeit, die Dich anschlug. Die sich einnagelte in unsere Gedanken, bis durch Fuß- und Handwurzeln hin die Maserung spaltend des Festgefügt-Festgeglaubten, mit Hammerschlägen uns neue Bilder einbildend. Denn der als Gottessohn uns aus der Zeit der Unterdrückung führen sollte, den schlug die Zeit mit jedem Schlag tiefer zurück in den Menschenkörper.

So daß wir, langsam tastend, im eigenen Fleisch dem Stöhnen des Durchbohrten nachirren mußten, Zug um Zug, immer zu spät, dem Schrei des von Gott Verlassenen hinterm einsamsten Riegel noch nachlauschend, angstdurchbohrt selbst, gefoltert, in die eigene Ohrenherzkammer verriegelt, darin sich, was vor den Mauern geschah, immer neu einfand, neu zu geschehen.

2

Als am Morgen des ersten Wochentags eine der Frauen kam, sagte, das Grab sei leer, man habe den Leichnam gestohlen, gingen zwei von uns hin und kehrten zurück und bestätigten, was jene gesagt hatte. Das Grab sei leer, die Wachen davor verschwunden.

Ich aber, Judas Thomas, den die Griechen Didymos rufen, das ist Zwilling, ich wollte Dich finden. Ging hinaus, entgegengesetzt. Nicht außerhalb der Mauern, sondern innerhalb suchte ich Dich.

Da stieß ich, nah der Kaserne, auf welche, die waren aus der Bekanntschaft der Wachen, die man vors Grab gezogen hatte. Ich sprach mit ihnen, und sie erzähltens mir so:

Der ihnen dies berichtet hätte, der habe vorige Nacht auf der Treppe zum Grufteingang gelegen, wo er mit anderen Wächtern seinen Dienst versah, und war eingeschlafen. Als er zu sich kam, fand er die anderen Wachen bewußtlos, auf den Stufen über ihm ausgestreckt.

Er will sich aufrichten, sie wecken. Da packt ihn Entsetzen. Er fällt. Stürzt in die Tiefe. Reißt die Hände zur Treppenstufe und erfaßt noch im Fall ihre Kante. Machtlos, den Körper nach oben zu ziehen, bohrt er die Fingerkuppen in die Ritzen, klammert sich an. Unter sich sieht er den Rachen Leviathans, aufgesperrt aus den Tiefen, wartend, schwarz atmend, daß die Finger der Wache nachgäben und fallen ließen den Menschen. Rettend erkennt der Wächter den Rollstein am Grab. Das Maul des Ungeheuers erstarrt so zu Stein. Der Stein aber hält nicht. Denn auch er liegt offen, zur Seite gewälzt. Abgrund bleibt unterm Hangenden, hallt wider vom Kratzen der Finger, vom hastigen Atmen. Es hallt, als sei es ein Brunnenloch, über dem er hier schwebend kämpft, und der Stein, vor dem er gewacht, ein Deckstein gewesen, weggeschoben, wo er die Tiefe des Brunnens verschloß. Denn nicht quer und nach vorn erstreckt sich der Raum zur Gruft, sondern hinab und nach unten ins Grab.

Er brüllt, daß die andern erwachen. Aber noch als sie zu seiner Stufe herabsteigen, die Hände des Verzweifelten aus den Ritzen zu ziehen, ihn zu greifen, hält die Sinnestäuschung an. Erst als er unter sich plötzlich ein Licht sieht, im Dunkel des Abgrunds zwei Hände, ums Licht gehalten, erspäht, die Hände das Licht in einen Kasten verschließen, erst da wird ihm seine Lage im Raum, auf den Stufen hinab zur Gruft, bewußt. Erst da erkennt er, aufgerichtet von seinen Kumpanen, den wahren Verhalt: daß eingebrochen worden war vor ihnen.

Wütend sei er am zerschlagenen Siegel vorbei ins Dunkel der Vorkammer getreten, habe sich in die Gruft gestellt. Da hört er, wenige Schritte vor sich, in der

Dunkelheit ein Geräusch. Angst befällt ihn erneut, er brüllt nach draußen, daß die Feiglinge Feuer brächten, die Fackel. Als man sie ihm hineinreicht, hält er sie unter die Decke der Gruft, um zu sehen: die Vorkammer und Bänke leer. Da aber, weiter hinten, steht einer, im Eingang zur Grabkammer der Gruft. Der Wächter erschrickt, läßt die Fackel fallen. Hinrollend bis zur Gestalt rollt das flammende Scheit. Da bückt sich der Unbekannte, hebt es auf und kommt auf ihn zu. Im Licht der Fackel aber ist es nur eine Frau.

So habe er berichtet. Noch wütend über sein Erschrecken hätte er sie ergriffen, nach hinten mit sich gezerrt in die zweite Kammer, die Grabkammer, und die Fackel dort ausfahren lassen, hastig und rauschend und wutvoll, und auch diesen Raum leer gefunden und ihn untersucht, aber nirgendwo finden können den Leichnam, dessentwegen sie Wache gestanden hätten. Da seien die anderen hinzugetreten und man habe versucht, die Frau zu zwingen, daß sie preisgäbe und gestände, wohin sie die Leiche gebracht, wohin versteckt, und wer ihr geholfen hätte. Und da sie nichts sagte, abgeführt und verhaftet. Noch rechtzeitig, hieß es, denn sie hätte Spuren verwischt und wollte das Grab gerade verlassen. Ihr Name aber sei Tirza, und ihre Helfer ungesehen mit dem Leichnam entkommen.

So ging auch die Meinung derer, die mir vom Erlebnis der Wache erzählten. Nämlich daß jene Frau nur Nachhut war einer Gruppe, die den Einbruch ausgeführt und den Wachen Einschläferndes in den Trunk gemischt haben müßte. Denn gerade der, ders ihnen berichtet hätte, habe sonst nie etwas zu berichten und sei wortkarg, gar nicht erfinderisch.

Ja, sie selbst waren nicht erfinderisch, das sah ich. Denn über die Frau wußten sie, außer daß man sie zum Verhör in die Kaserne geschafft hätte, nichts zu sagen.

Da entschloß ich mich hinzugehen, zu warten, bis Tirza entweder freigelassen oder mir durch die, die aus der Kaserne kämen, etwas über ihr Geheimnis zugetragen würde. Sollte sie aber freigelassen werden, dann wollte ich sie als zweiter befragen. Ich glaubte, daß sie, sobald sie wüßte, zu wem ich gehörte, mir Vertrauen schenken und alles mitteilen würde.

Dann endlich, von ihr geführt, käm ich zu Dir. Dir nachzusterben, endlich. So wollt ichs. Denn auch wenn ich den Wunsch hatte, zu Toten zu sprechen wie Du einst, ihnen zu befehlen, den Tod zu verlassen und aufzustehen, so war er mir doch im Entwurf des Bilds schon geraubt, dieser Wunsch. Denn die Vorstellung, vor Dir Totem zu stehen, entmachtete mich ganz solchen Befehls, der ich alle Macht von Dir erhalten hatte und mitmächtig war nur, solange Du warst, aber nicht über Dich, sondern durch Dich. Und grauenhaft so das Bild, aller Kraft beraubt, befehlslos vor dem zu stehen, der uns Kraft gegeben und befohlen hatte, den die Verwesung aber nach Tagen jedem Räuber aus

Händen rauben würde, durchs Raubnetz hinsiebend Dein Fleisch, die Schütte Sand aufzuschütten, mit der sie rechnet, die Zeit.

3

Als es aber bei Nachteinbruch kälter wurde, Sterne und Mond wolkenverdunkelt, ich den ganzen Tag vergeblich vor der Kaserne gewartet hatte, niemand mit Nachricht herausgekommen war, der Wachposten mir nur bestätigte, drin hätten sie eine, die stünde unter Verdacht, den Leichnam geraubt zu haben, sie sei nicht aus Jerusalem, sondern von jenseits des Jordans, vor wenigen Tagen gekommen, sei Fremde, da ging ich zurück zu den andern.

Die waren im Haus geblieben, verriegelt, hatten sich gegenseitig angesteckt und von den Frauen anstecken lassen. Denn alle behaupteten, sie hätten Dich unter ihnen gesehen. Und als ich fragte, einzeln sie beiseite nahm und sie fragte, wo und wie Du erschienen seist und zu welcher Stunde, da fand ich, daß sie sich widersprachen. Denn manche hatten es von den Frauen, andere von Reisenden, andere von Simon übernommen, der es wiederum von den Frauen hatte. Alle aber redeten von den Wundmalen, die sie gesehen hätten. Die hatten sie sich, fern von der Richtstätte, durch Berichte anderer beigebracht, um so tiefer und eindringlicher aber, als wir uns alle schuldig fühlten, Dich vor der Hinrichtung verlassen zu haben. Und die Wunden, die sie an Dir beobachtet hatten und über die sich jeder verschieden äußerte – manche sagten, sie hätten, als Du vor ihnen standst, von Deinem Blut fließen sehen; aber wo war das Blut? Keine Spur davon auf dem Boden –, waren in Wahrheit Male, die sie durch Fernbleiben sich zugefügt und durch Schuld. Und ich rief:

»Wie könnt ihr so leben? Jeder will gesehen haben, weil es nichts zu sehen gab, das Grab leer war. Warum forscht ihr nicht, wer ihn hat? Wendet den Mut nicht auf die Bilder, die hinter verriegelter Tür jedem Kind einkommen, wenn es sich, einsam gelassen, Besuch erträumt! Sondern schließt euch auf, sucht ihn und lebt. Oder sterbt ihm nach. Aber wißt, wem ihr nachsterbt. Denn ihr erklärt das Haus zur Welt, in der euch Angst verriegelt hält. Denn wäre mein Herr euch wirklich erschienen: aufgestoßen und aufgeriegelt hätte ich unsere Türen gefunden, heute nacht schon, und verschwunden die ängstlichen Bewohner, leer die Wohnung. Leer wie das Grab. Und ihr wärt mir freudig entgegengerannt, noch sein Blut an Armen und Händen, bezeichnend die Stellen, wo ihr den Wiedergewonnenen umarmtet, wo ihr ihn für mich, der ich fehlte und sehen wollte und gern umarmt hätte, zu halten versucht hättet. Auch wenn er euch entkommen wär, seine Spuren noch hätt ich an euch geküßt und hätte geglaubt. Aber, seht selbst, hinter Mauern und Riegeln wohnt ihr, phantasiert ins Leere und steckt euch an mit Gesichten.«

Da protestierten sie und wurden heftig darüber, daß ich nicht glaubte. Ich wiederum war sie satt, die Besserwisser. Und mit einiger Wut, auch über mich selbst, rief ich wütend zu ihnen:

»Haltet ihn nächstes Mal, wenn er euch wieder erscheint! Haltet den Dieb, der uns den Verstand geraubt hat! Denn hört her: Den Auferstandenen will ich annageln, die Nägel ihm in die Wundmale schlagen, meinem Messias, daß er mir nicht mehr entkommt und daß seine Worte im angenagelten Körper noch zum Zuspätgekommenen sprechen. Haltet ihn, daß mir eure Phantasien erspart bleiben, haltet mir den, der mir die Zweifel zermalmt zugleich mit dem Zweifler, die Phantasien zerbirst uns Phantasten, daß ein neuer Mensch aus uns würde, vor ihm zu Boden geschlagen, unfähig, ihm in die Augen zu sehen. Der neue Mensch aber, unten am Boden, soll mit eigenen Augen noch rot die eigenen Hände sehen. Beweisrot soll er sie sehen, seine Hände. Herkunftsrot jeden Finger, der eben noch stak in den Kesseln der Wunden. Haltet ihn also, wenn er wirklich auferstanden sein soll, daß ich die Finger mir färbe an ihm, ihn an uns nagle, daß er uns nie mehr verläßt. Dann will ich euch glauben, wenn ich mich nicht mehr verlassen glaube, er fest vor mir steht. Unterdessen zeugt euer Zeugnis gar nichts, ist ingezüchtet, farblos und blaß.«

Da warfen sie mich hinaus, und ich hörte sie schimpfen hinter den Riegeln, die sie nicht querzulegen vergaßen. Später kam eine der Frauen und ließ mich hinein, als sie schliefen.

4

Vor Morgengrauen noch ging ich zurück zur Kaserne und wartete. Einmal kam einer heraus, den ich erkannte. Denn man sagte von ihm, daß er der Knecht eines sei, der in der Kaserne foltere. Seiner Gestalt wegen war er auch in der Menge leicht zu erkennen. Aber man sah nur selten hin, hielt sich fern, ging nicht leichtfertig an ihm vorbei. Denn der Knecht stand im Ruf, grausamer zu sein als sein Herr. Wie ein Schreien zogs durch die Gassen, wenn er durchkam, hinaus unter die Bewohner der Stadt ging, sie und ihre Waren zu betrachten. Er achtete immer darauf, nichts zu berühren, sie tratens selbst um, so in Unruhe versetzte er sie.

Als er sah, daß ich nicht auswich vor ihm, kam er auf mich zu und fragte mich freundlich:

»Schon gestern standst du hier, sagen die Wächter. Wartest du auf einen, den ich dir rufen kann?«

»Auf eine, die Tirza genannt wird und die ich nicht kenne, von der mir aber Soldaten aus eurer Kaserne berichtet haben«, antwortete ich.

»Ach die«, sagte der Knecht und blickte zum Ausgang zurück, als könnte sie jeden Moment dort erscheinen. »Zufällig weiß ich, von wem du sprichst. Die sich

Tirza nennt, die steht unter Folter. Aber wir haben noch nichts aus ihr. Auch nicht die Namen der Helfer. Sie behauptet, am vergangenen Rüsttag Jerusalem zum ersten Mal betreten zu haben.«

»Und woher stammt sie?« fragte ich ihn. »Keiner von uns kennt sie.«

»Sie kennt euch nicht, das ist wahr. Ich allerdings weiß genau, wer du bist und warum du hier wartest«, sagte der Knecht und sah mir in die Augen, ob ich nicht auswiche. Und als ichs nicht tat, fuhr er fort: »Aus der Gegend von Damaskus sei sie gekommen. Den langen Weg bis hierher. Glaubst du ihr das?«

»Ich weiß es nicht«, sagte ich. »Ich kenne sie nicht.«

»Daß sie niemand kennt, erschwert unsere Arbeit. Denn wie können wir, was wahr ist, von Unwahrem trennen? Jedenfalls wissen wir immer noch nicht, was sie im Grab zu tun hatte oder dort tun wollte. Und wohin sie den Leichnam geschafft haben, auch das ist noch dunkel. Mein Herr sagt, wir müssen Geduld haben mit ihr.«

»Warum aber foltert ihr sie?« fragte ich ihn. Da sah ich, daß er meine Angst erkannt hatte und wohl wußte, daß ich keine weitere Frage mehr stellen, eher ausweichen und ihm davonwollte. Sein Haken war aber schon in mir, und er hielt mich ruhig fest, zog nicht zu schnell an, sondern gab immer wieder nach, als spiele er mit mir. Auch sah er, daß ich zwar furchtsam war, die Frage zu stellen, dennoch weiter auf Antwort hier warten würde.

»Weil sie stumm blieb«, sagte er schließlich und betrachtete mich genauer. »Und weil niemand, selbst du nicht, sie kennen will. Weil niemand an ihrer Statt aussagt. Niemand aussagen *kann*, so scheint es. Bis es aus ihr reden wird. Und was dann aus ihr redet, das wird sie retten. Da braucht es Geduld, glaube mir. Du verstehst nichts davon. Ich hingegen habe das Unerhörte öfter zutage gefördert. Ich habe in Schächten gearbeitet und wie in Schächten gelernt, auch die Gliedmaßen des Menschen, ja seinen ganzen Körper, wie bestehend aus Schächten und verborgenen Gruben zu sehen, in die unser Gerät dringt, die Wahrheit, die sich dort unten in der Tiefe verzweigt, aufzuspüren, sie noch in ihren Verästelungen, roh, im groben Klotz, wenn es sein muß, nach oben zu fördern und in der Hitze des Tages auszuschmelzen.«

»So findest du die Wahrheit nicht«, sprach ich. »Sie wird euch irgendetwas sagen, damit ihr aufhört, sie zu foltern.«

»Was weißt du?« schrie er ungehalten. Und setzte dann leise, als sei es ihm dringlich, als habe er schon oft über seine Sache nachgedacht, hinzu: »Weißt du denn, was es heißt, die Wahrheit nicht zu haben? Niemanden zu haben, der sie dir in den Mund gelegt hätte? Dabei aber immer zu wissen, daß du unwahr redest?

Daß unwahr bleibt, was immer du redest, so weit du es sagen kannst? Denn was du sagst, bleibt unwahr. Ich nenn dir ein Beispiel. Du hast nach jener Tirza gefragt. Deinen Augen aber sehe ich an, daß du wegwillst. Oder gerne bereit wärst, über anderes zu reden. Und wenn ich dir spräche von deiner Braut, dann würdest du mir erzählen von ihr. Ob du sie schon im Auge hast und für wann sie dir etwa versprochen wäre. Von deiner Braut würdest du reden und nicht mehr von jener, der Tirza. Selbst wenn du sie dir erfinden müßtest, die Braut. Wenn ich aber wiederum weiterspränge, von einem anderen beliebigen zu reden, einem der Stadttore zum Beispiel, vor dem man dich, wenige Tage ists her, so schmerzlich vermißt hat, an das man mit Stimmen und Seufzern anschlug, ohne daß du aufgemacht hättest, so sprächst du mir gleich auch davon und ausführlich. Denn grad wie ichs wollte, so würdest du reden. Und wenn ich vom Tempel redete, dich fragte, wer dort wohnt und wo du dich reinigst für den, der dort wohnt, dann gäbst du mir auch darüber Auskunft und reichlich. Von einem zum andern gehend sprächst du, würdest die Rede wenden, wohin ich nur will. Aus Angst nämlich. Aber Wahrheit wärs nicht. Wahrheit spräch nicht aus dir. Denn die läßt sich nicht wenden. Die redet nicht jetzt von diesem, von jenem, dann aber wieder von anderem.«

»Woher weißt du von mir?« fragte ich ihn.

»Mein Herr weiß von dir«, sagte der Knecht.

»Wer ist der, dein Herr?«

»Da fragst du ganz richtig. Denn ich habe alles von ihm. Wenn mein Herr mir sagt: Schlag ihn! Dann weiß ich Bescheid. Oder sagt: Schlag ihn aus diesem Grund! Dann weiß ich Bescheid. Immer gilts zu ergründen, was sich verschlossen hält.«

»Und wenn sie offenläge, die Wahrheit, könntest du sie sehen? Wenn jemand die Wahrheit spräche, könntest du sie erkennen?«

»Ich sage dir: Solange sie sprechen, die Menschen, sagen sie niemals die Wahrheit«, antwortete der Knecht und rührte mit der Hand vertraulich an meine Schulter. Er strich mir über die Ärmel des Kleids, zog sie enger, als hätte er mit Besorgnis bemerkt, daß mir kalt geworden war.

»Schlag sie, das ist mein Rat«, flüsterte er und kam nah, als suche er Wärme. »Schlag sie, die Menschen, so oft sie sprechen. Wenn du die Wahrheit willst, dann schlag sie, bis sie endlich das Sprechen lassen, vor Schwachheit aufhören, Reden zu machen, mit einem Schlag ihr Reden unterbrechen, daß sie hinstürzen, die Zähne sich ausschlagen am Boden. Dann endlich sind sie ohne Macht. Das rat ich dir, wenn du erlernen willst, wie man die Wahrheit hört. Aber jetzt, warum weichst du mir aus? Ekelst du dich vor mir? Fürchtest, ich könnte dich mithineinziehen?«

»Ich habe keine Angst«, log ich. »Ich hör mir an, was du zu sagen hast.«

»Das hast du auch bei deinem Herrn gemacht, ich weiß. Du hast dir angehört, was andere zu sagen hatten. Selbst bist du nicht dabeigewesen. Nicht nur, als er an unserem Pfahl hing. Das kommt, weil er nie deutlich zu euch sprach. Sonst wärst du jetzt nicht hier. Sonst würden weder du noch ich jetzt suchen müssen. Willst du nicht mit hinein, mir helfen, aus jener Tirza ziehen, was sie vor uns versteckt? Wär es nicht unser Recht, zu wissen, was gespielt wird?«

»Du sprichst wie einer, der von Grausamkeit besessen ist. So als besäße Grausamkeit den Weg zur Wahrheit.«

»Du wirfst mir vor, ich sei besessen? Ich wollt, ich wärs! Ich wollt für dich, *du* wärsts! Denn überleg dir doch: Wer wars, der deinen Herrn stets kannte? Besessene, Irre, vom Teufel Behauste. Die wußten, wer er war. Von denen kommt keiner ans Grab, ob es leer sei. Die wissen längst, was geschehn ist. Du aber, Judas Thomas, du sprichst von diesem, jenem. Von einem nicht. Es würde aber, wenn die Wahrheit spräche, aus dir gesprochen werden. Und wie besessen wärst du dann, ganz selbstvergessen in dir selbst. Du sprächst: nicht, was du sprichst; du wärst gesprochen, was nicht spricht. Du wärst die Wahrheit. Denn bewunderst du nicht insgeheim die Eingenommenheit aller Besessenen? Sie sagen, was sie sagen, ganz außer sich. Weil sies nicht reden, sondern die in ihnen sind, *die* redens. Du redest nur für dich.«

Er hatte mich abgedrängt, vom Kasernentor weg, als wollte er nicht, daß ich dort warte. Dabei tat er so, als sei er besorgt um mich. Erst als ich nicht antwortete, mich mit keinem Wort weiter einließ auf ihn, rief er mir zu: »Geh nach Hause! Du zitterst ja. Wirklich, mir graut vor einem wie dir. Denn du wirst sagen, ich hätte dich nicht gewarnt. Nichts wirst du finden. Den Tod wirst du dir holen, wenn du hier in der Kälte stehst.«

Dann ging er davon. Ich schlich mich zurück zur Stelle, wo ich gewartet hatte.

Gegen Abend begann es zu regnen. Ich wollte aber nicht gehen, weil ich ahnte, daß es sich bald entschiede, und Tirza mir, würde ich sie allein sprechen und halten können, Entscheidendes zu sagen hätte.

5

Am Morgen des dritten Tages fror ich, daß es mich schüttelte und ich mich dem Feuer der Wache nähern mußte. Auch weil der Regen die Sicht so verschlechtert hatte, daß ich nur Schemen unterscheiden konnte. In nächster Nähe des Tors war ich sicher, Tirzas Ausgang oder den ihrer Bewacher nicht zu versäumen. Dort aber, an die Mauer gelehnt, den Feuerwind ab und zu im Gesicht, in den hellen Stoß brennender Scheite starrend, war ich einiger Gefahr ausgesetzt. Denn man begann mich vom Feuer her zu hänseln, und auch von drinnen. Und einige rannten herbei, aus dem Tor in den Regen, mir Angst zu machen, ob ich davonliefe.

Ich aber ahnte, daß Tirza Dich hatte, und wollte mich nicht entmutigen lassen, dort hinzukommen, wo eine letzte Berührung – denn ich vergaß, wo und wann wir uns berührt, Abschied genommen hatten, ohne Abschied zu nehmen – noch möglich wäre, die ich erinnern und bei mir tragen könnte, um Dich im Nachsterben wiederzufinden.

Da kam jener Knecht heraus, der am Vortag mit mir gesprochen hatte, kam langsam, schnappte nach Regen, als sei ihm drinnen zu heiß geworden, als habe er Durst. Und spuckte dann vor mir aus. Hämisch-vertraulich sprach er: Er wisse ja, auf wen ich hier eigentlich warte. Wohl nicht auf jene, die man verhaftet habe, jene Tirza. Die ließe man heute noch frei. Denn es habe sich nicht bewiesen, daß sie am Raub der Leiche beteiligt gewesen war. Man wolle sie dennoch im Auge behalten. Auch die, die Augen für sie hätten, lachte er und sah mich an. »Auch die!« stieß er mich an und griff nach meinem Auge, als wollt ers wörtlich nehmen. Rasch wich ich aus. »So sollst du dich verhalten, wenn sie kommt. Wende dich rechtzeitig ab, dann kommt dir nichts ins Auge.«

»Wann laßt ihr sie frei?« fragte ich ihn.

»Aber die willst du doch nicht«, sprach der Knecht begütigend. »Sondern den, über den sie uns hätte sagen sollen, wo sich sein Leichnam befindet, *den* willst du. Jaja, ein Toten-Verliebter bist du. Über den Toten allerdings habe ich Neuigkeit. Willst dus wissen?«

»Sag es mir«, sprach ich ungeduldig.

»Ein Bote ist eingetroffen. Wir haben den Leichnam deines Gekreuzigten endlich gefunden. Dieser Stunde noch wird er in die Stadt zurückgeschafft. Außerhalb nämlich sind welche angehalten worden, die hatten ihn bei sich. Hörst du? Zurückgebracht wird er, um jedwedes Gerücht, er sei von den Toten auferstanden, im Keim zu ersticken. Hier, wo du stehst. Hier wird er schon morgen öffentlich verbrannt werden. Weise mich an, so will ich dir und deinen Freunden gute Plätze verschaffen, damit du ihn nochmals siehst.

Denn du sollst nahe zu stehen kommen, näher als die anderen, weil ich *dir* den Ehrenplatz gebe. Ich hoffe auch, daß du die Flammen, die ihn verzehren werden, nicht so sehr fürchtest, wie offenbar die unseres Wachfeuers. Denn du mußt nah hin, sollst ihn genau betrachten, auf jeden Finger ihm sehen. Sollst noch erkennen, mit welchem Fingerknöchelchen der Meister euch dieses und jenes gewiesen, mit welcher Stirn, welchem jetzt faulenden Mund er einst Kranke geheilt haben will, mit welchem – hörst du noch, Jude? – mit welchem Steiß er unter euch saß, euer Rabbi, euch von himmlischen Sitzen berichtend. Und wenn dir das Schmatzen der Flammen, die zugreifen, allzu gierig wird, allzu laut vom besten der Plätze aus, dann rate ich dir: Hör genau hin, weiche nicht zurück, tritt den drängelnden andern, die hinter dir stehen, nicht auf die Füße. Verschließe lieber standhaft die Augen. Denn auch zum Verbrennungsgeräusch, dem Schmatzen der Flammen, sollst du Vertrautes hinzuerinnern, wirst sagen: »Schmatzend, grad so, hat er geschmaust, mein Meister, ich hör ihn noch, wie er sich schmecken ließ, was wir ihm brachten.«

Lachend hatte er zugesehen, wie mir schwindlig wurde, noch während er sprach. Mein Fieber hatte nur gewartet, die Hitze im Schilde geführt. Jetzt schoß sie mir in den Kopf.

Der Knecht aber gab nicht nach, als er sah, wie tief er mich mit jedem neuen Zuruf verletzte. Warum aber unterbrach ich ihn nicht? Warum war ich es nicht, der ungeduldig fragte: »Wo ist er jetzt? Durch welches Tor werdet ihr den Leichnam gleich tragen? Denn ich will ihn berühren, ein letztes Mal. Will ihm nachsterben.« Warum war ich es nicht, der ungeduldig Antwort wollte: »Versteckt oder offen, wie bringt ihr ihn in die Stadt? Führst du mich zu ihm, läßt ihn mich sehen, den Toten, sobald sie hier eintreffen?«

Denn solche Fragen stellte ich nicht, und war dennoch hier, solche Bitten erfüllt zu bekommen. Denn das, so dachte ich, wollt ich doch auch von Tirza.

Da brach ich zusammen, an die Kasernenmauer hin stürzte ich. Er trat mir noch in die Seite, mich wegzustoßen, weil ich die Augen verdrehte, und wich dann, mich immer beobachtend, einige Schritte zurück.

Ich fiel seitwärts, ohne jegliche Kraft, mich wieder aufzurichten. Und verstand nicht, warum. Denn in mir gab, trotz der plötzlichen Schwäche aller Glieder, etwas das Fragen nicht auf: wo der Grund liegen mochte dieses Zusammenbruchs, warum das Fieber gerade in diesem Moment, auf die Meldung vom gefundenen Leichnam, so heftig ausbrach. Wie zerrissen fand ich mich, vollkommen entmachtet. Nicht weil die Auferstehung am Ende der Zeit jedem verbrannten Körper, also auch dem meines Herrn, nicht möglich wäre, wie die Pharisäer uns glauben machen wollen. Auch nicht der Schande wegen, den toten Meister nochmals vor aller Augen geschmäht und sein Andenken gleichwie ausgebrannt zu sehen. Sondern es war eines übrig, das mir nicht sichtbar wurde und doch tief in mir lag, unbeantwortet, unbefragt, seit seinem Tod wie vergraben. Und ich wußte nicht, daß das So-Vergrabene Antwort wollte, aber nur *eine*.

Das Fieber warf mich, und es war lächerlich, wie ich, der so sehr hoffte, den Leichnam zu sehen, ihn noch zu berühren, jetzt am Boden lag, als stürbe ich. Und war schon bald zu keinem Gedanken, keinem Hoffen mehr fähig, ganz in den Körper vergraben. Denn nur auf den eigenen Körper blieb ich aufmerksam. Wie es ein Fieber bewirkt, das uns alle Gedanken schließt, nur den Lichtspalt Wachseins für die Stellen des Schmerzes beläßt. Innen läuft alles über vor Hitze, man siedet. Hände und Füße sind unbeweglich und träge, so vollkommen ermattet, daß sie dem rüdesten Befehl, selbst dem Tritt in die Seite, nicht folgen können.

Ich erwachte kurz darauf, so schien mir. Denn es regnete noch. Wirklich wars mir kaum möglich einzuschätzen, wieviele Stunden vergangen waren. Ich lag auf einer Schütte Stroh in einem leeren Stall. Noch immer in der Stadt. Soviel war durch den dürftigen Zaun hin sichtbar. Wer mich hierhergetragen hatte, wußte ich nicht. Meine rechte Hand scharrte am Boden nach kühler Erde. Fand eine Stelle, noch naßfeucht. Bald stießen die Finger, unweit der Stelle, an ein tönernes Gefäß. Ich mühte mich, die Augen zu öffnen, zu sehen: ... ein Krug Wasser.

Ich versuchte, mich aufzurichten, vom Wasser zu trinken, um die Hitze zu löschen. Meine Hand, als sie sich mühsam streckte, erreichte im äußersten den Hals des Krugs, den ein Wellenband zierte. Die Finger strichen über das eingebrannte Band, berührten dann die Lippe des Krugs, wo der Sand an den Fingerkuppen sich langsam mit Wasser mischte.

Den Krug wollte ich zu mir ziehen, den Krug. Aber er schien wie festgenagelt zu stehen, nicht herzubewegen. Wie eingemauert. So daß meine Hand vermochte, den ganzen Körper daran emporzuziehen, daß ich saß, aufrecht erst, dann seitwärts gebeugt, wie ein Tier aus dem vollen Krug trank. Denn er war wie verankert, der Krug, als sei sein unterster Teil vergraben.

Ich trank, bis mich nicht mehr dürstete, trank mich kühl, daß ich zu Kräften kam. Und stand dann ganz auf, schien mir. Denn es war Zeit, Tirza nicht zu versäumen.

Einen Umhang, den ich am Gatter über einen Stecken geworfen sah, nahm ich mit. Dann verließ ich den Stall, trat hinaus in den Regen.

6

Ich eilte zurück durch die schlammigen Gassen und fand, daß man Tirza gerade entlassen hatte. Vor der Kaserne standen welche um sie her und sprachen sie an oder redeten über sie. Ihre Kleider waren zerrissen und ihr Körper vom Verhör gezeichnet. Da trat, als habe er sich hinter Tirza versteckt, der Knecht hervor, der mir die Nachricht vom gefundenen Leichnam gebracht hatte. Ich sah, wie er Tirza wegstieß, sie davongehen hieß und dabei mit ausgestreckter Hand auf mich, der ich abseits stehengeblieben war, deutete. Lachend wandte er sich ab, um auch den Umstehenden weiterzugeben, was er von mir wußte. Er bezeichnete mitleidig grinsend die Stelle, wo ich zusammengebrochen war.

Tirza aber kam auf mich zu.

Wie? Wie kam sie? Kam auf mich zu, als sei mit dem Ausgang aus der Kaserne eines geschlossen, ein anderes offen geworden. Als wüßte sie, worum es mir ging.

Kam. Kam auf mich zu.

Aber ich, sah ich denn, was ich sah, oder glaubte ich nur so zu sehen, weil ich fürchtete, sie würde mir ausweichen und ihr Schweigen nicht brechen?

Kam auf mich zu, gefolgt von der Gruppe, die hören wollte, wovon wir jetzt sprächen. Und auch vor uns, über unsere Köpfe hinweg, riefen die hinter uns schon welche herbei und belustigten sich über das seltsame Paar, schnitten uns den Weg ab.

Ich nahm Tirzas Hand, ergriff sie rasch und fühlte kein Zögern in ihr. Zog sie mit, in die Seite zwischen zwei Häuser, den anderen zu entkommen. Der Gang aber war so eng, daß ich nicht auf sie zurücksehen konnte, nur vorwärts und schnell, immer schneller rannte, ohne ihre Hand loszulassen, damit die Neugierigen uns nicht von der anderen Seite einholten. Und, seltsam, während ich an ihrer Hand zog, ohne zurückblicken zu können, sie mitzog, die zu mir gekommen war, sie im Schlamm straucheln, sich fangen spürte, da wars mir, als hörte ich Stimmen, die im hastigen Lauf durch die Enge nachzogen, hastig und atemlos riefen:

»Bist du verliebt? Ziehst du mich aus Verliebtheit in diese enge Gasse, wohin? In dein Haus? Daß niemand uns sieht? Inwendig aber wir uns umarmen? Ziehen deine Arme so stark, weil sie umarmen wollen? So schnell, weil sie die Zeit nicht vergehn lassen wollen, so schnell? Schneller noch als das Ziehen der Arme, das Angezogensein von vorhin? Denn halt ich dich nicht, während du eilst? Verkörpere ich nicht die Gedanken, die du seit Wochen hegst? Denk ich dir nicht alles vor, was aus dir körperlich spricht? Ziehst du den Geist, ziehst du den liebegewordenen Geist, ganz zum

Körper geworden, so schnell, daß er fällt, daß im Schmutz du ihn aufhebst, dir aufhebst, ihn immer noch an dich pressend, mit Worten und Armen? Und sagst du nicht Liebe, Geliebte und Frau zu mir, die sich dir aufrichtet, gern mit dir reden will, wenn du Gemeinschaft zu schaffen bereit bist? Hast du den Ort? Weiß niemand von ihm? Wird der Regen die Worte den Lauschern verhüllen, wenn sie sich pressen ans Haus, uns zu hören? Und inwendig dort, im Körper des Hauses, schaffst du Wolken herbei, die uns verdunkeln vor allen? Denn es gibt zu bereden, wovon niemand weiß und nur du wissen sollst. Hörst du mich? Ziehst du mich weiter, ziehst du mich schneller, hältst du mich, bis wir dort sind, inwendig angekommen, bei dir?«

Ich hörte die Stimmen sich einen, sich zweien, und wollte doch nicht verstehen, sah nicht zurück. Ich zog, war in Eile – und sang doch mit, sang manchmal mit ihr, der Stimme, die ich nicht verstehen wollte, und Augenblicke lang wars mir, als sei ich schon angekommen am Ziel, singend, vor mich hineilend, schon am Ziel, gehetzt, doch schon sicher, gerettet.

Ich hatte mich aber verirrt in den Gassen, weil ich meinte, eine immer größere Menge uns folgen zu hören und hinter anderen Häusern hervor andere uns nachrennen, nachspionieren zu sehen. Da gaben wir die Flucht auf und fanden uns auf dem großen Platz an der Südseite des Tempels wieder. Ich legte ihr den Umhang um, den ich bei mir hatte.

Wir beschlossen, daß es das Beste sei, zum Tempel hinaufzusteigen, uns beim Gehen auf dem das Heiligtum umschließenden Vorhof zu bereden, auch in den Säulenhallen, die das Geviert umstehen, einander beim Rundgang zu befragen. Denn sollten uns auch welche gefolgt sein – ich dachte daran, daß der Knecht gesagt hatte, man wolle Tirza samt denen, die mit ihr sprächen, beobachten lassen –, so wären wir in der Öffentlichkeit jenes Tempelhofs, zu dem auch die Heiden Zutritt hatten, doch noch am sichersten. Denn nicht nur gingen hier viele, auch im Gespräch, kauften und handelten, lehrten und lernten, begrüßten und verabschiedeten, kamen zu opfern oder verließen gereinigt, Städter und Fremde, sondern es würde sich jeder, der an uns zu kommen versuchte, während wir rundgingen, nicht lange halten können, ohne von uns bemerkt zu werden. Schon gar nicht zwei von ihnen, die dann, dieses oder jenes überhörte Wort vergleichend, nie genug hätten, um mit dem Belauschten gegen uns zu zeugen.

7

Ins Dunkel zog ich sie, durch den unterirdischen Torschacht, den sie Maulwurfstor nennen, das dreifache Huldahtor, dessen Treppe unter den Mauern zum Vorhof der Heiden hinaufführt. Als wir ins Freie des Tempelhofs traten, blieb Tirza stehen. Sie sah hinauf zu den Stufen des Heiligtums, wo Stein die Tenne des Jebusiters bedeckte, den Berg Morija, der gleichen Namens war mit dem Land, in dem Abraham einst einen Berg bestieg, den Sohn auf dem Scheitstoß zu opfern.

Dann begann sie, mit mir in der Runde zu gehen, wie eine, die um den Dreschboden geht, Frucht von Hülse zu trennen. Nach Morgen erst, dann mitternachtwärts begann sie den Kreis, über Abend und Mittag ihn schließend, um aufgangwärts neu zu beginnen. Zwölfmal gingen wir im Gespräch den Kreis um die vier Seiten des Heiligtums, im Viereck innerhalb der Tempelmauern. Aber nie haltend, nur zögerlich hie und da, wenn ich einhalten wollte, weil ich, wie geschlagen, kaum weiterkonnte, durch ihr nächstes Wort oder durch ihre Hand jedoch weitergetrieben wurde. Tirza sprach so:

– Erst muß ich klären, wer du bist. Ich kenne dich doch nicht. Muß wissen, wen ich hinführe zu ihm.

– Wie sprichst du? Du weißt das Neueste noch nicht? Wen willst du noch »hinführen«? Oder machst du gemeinsame Sache mit denen, die dich freiließen?

– Sag, wer du bist und warum du gewartet hast.

– Selbst deine Beschatter, Tirza, könnten wir uns greifen, sie das zu fragen. Wenn ich sie nicht schon abgeschüttelt hätte. Ich sage dir: die wüßten, wer ich bin. »Judas Thomas ist es, mit dem du sprichst. Einer der Zwölf, die jahrelang mit dem Nazarener umherzogen.« So würden sie antworten. Denn viele hier kennen mich. Und wissen auch, daß ich drei Jahre bei ihm war. Ich begebe mich also in einige Gefahr, mit dir gesehen zu werden. Auch wenn sie nicht wissen, wovon wir reden, sie können sichs denken. Zweifelst du wirklich an mir? Sollte nicht ich derjenige sein, der dir mit Vorsicht begegnet? Wer bist du, die sie Tirza nennen? Wir kennen dich nicht, keiner hat dich gesehen. Wenn nicht die Wache gewesen wäre, die dich festhielt und berichtet, dich aus dem offenen Grab kommend verhaftet zu haben, dann wüßte ich weiterhin nichts von dir.

– Dann hättest du nicht gewartet.

– So ist es. Ich sollte der sein, der argwöhnt. Denn ich habe nur das Wort einer feindlichen Wache. Und könnte argwöhnen, daß du, die wissen will, wer ich bin, von den Soldaten auf mich angesetzt wurdest. Daß du nämlich durch mich zu uns kommen willst, nur um später denen, die dich geschickt haben, Auskunft zu geben über uns und das, was wir tun.

– Was willst du wissen?

– Was du mit Jesus zu tun hattest. Beweise mir, daß du nicht eine bist, die sie in unser Lager senden wollen zu spionieren.

– Wen könnte ich bei euch schon finden? Ihr sucht ihn ja. Vertrau doch dem Geschehenen: Du hast drei Tage lang auf mich gewartet. Drei Tage lang, warum? Weil du dir dachtest: Sie weiß etwas. Ich will, so dachtest du, daß sie es mit mir teilt. Jetzt aber, da du mich gefunden hast, streust du schon Zweifel, zweifelst an deiner eignen Tat, dem schon Geschehenen. Denn du hast gewartet, etwas ließ dich warten. Was war das? Jetzt zweifelst du daran.

– Es war die Wahrheit. Ich wollt die Wahrheit hören. Ich wollte sie nicht nur hören, sondern sehen. Ich wollte wissen, was mit dem geschehen war, der uns von Wahrheit sprach. Ich wollte nicht an irgendwelche Hirngespinste anderer, an Simons schuldzerfledderte Gesichte, nicht an Berichte irgendwelcher Reisenden mich halten. Ich wollte die Wahrheit, wollte mich um sie kümmern, nicht nachplappern. Deshalb hab ich gewartet.

– Du hast gewartet, weil ich den Leichnam versteckt halte. Den Leichnam. Du wärst mir nicht gefolgt, du hättest nicht auf mich gewartet, wenn ich nur eine wäre, die behauptet: »Mir ist er erschienen, vor einigen Stunden, hier, seht seine Spur!« So habens doch andere behauptet. Ich weiß, du hörst in solchen Berichten die Auszeichnung, die sie sich geben, indem sie andere davon ausgeschlossen wissen, andere, die eben *nicht* gesehen haben und sich das So-Gesehene vom Grimassieren Fremder in einen eigenen Glauben übersetzen müssen. Das war nicht deine Sache. Du wolltest das Beweisstück, das greifbar wäre, lebendig oder tot. Und das war nicht Besitz der kleinen Gruppe ängstlicher Jünger, der schuldbewußten Seher. Ein weiterer Schlag eurer Feinde, und ihr wärt auseinandergestoben wie ein wilder Haufen von Dreijahresträumern. Du wolltest das Beweisstück, den Körper deines Herrn. Wenn du den fändest, dann wärst du die Gerüchte los. Dann könnt dein Glaube wieder schneiden. Denn du würdest ihn schärfen an dem, was du aus dem gefundenen Körper an Erinnerungswertem dir erinnertest. Du würdest sagen: »Der Herr hat uns viel gegeben.« Du würdest sagen: »Nur weil er scheiterte und nicht verwirklichen konnte, was andere von ihm wollten, war doch nicht alles Träumerei, die letzten Jahre nicht eitel verträumt.« So hättest du gesagt. Und ein Gebet gesprochen auch im Versteck, in das ich dich geführt hätte. So hättest du gehandelt und gedacht und dann wärst du zurück an deine Arbeit. An deine Brotarbeit. Im Alltag aber wär kaum anwendbar gewesen, was jener tat und sprach. Und so wär es vergessen worden, zerstreut unter euch Alltagsmenschen, die Schlafenden, die Träumenden, die ständig zweifeln, die jüngst Getanes, jüngst Gesehenes in Traum verwandeln und es bewerten, als seis Schlaf. Nur das: Das einst Geschehene, einst Geschaute, wär nur Schlaf. Und sie, die Schlafenden, die man drei Jahre mit wirren Träumen störte, bereits am Weiterschlafen.

– Ich wollt die Wahrheit. Die Wahrheit, die du mir verschließt.

– Ich verschließe dir nichts. Ich führ dich hin.

– Auch denen, die dich festhielten, hast du sie verschlossen, sagt man mir. Man hätte nicht gefunden, warum du im Grab warst und was du dort zu schaffen hattest.

– Ich hätte ihnen alles sagen können. Sie hättens nicht gewollt, vergessen oder fehlerhaft weitergegeben. Es war aber nicht für sie. Also schwieg ich.

– Und doch hat man dir, auch ohne dein Geständnis, den Schatz entrissen, den du dir sichern wolltest.

– Wovon sprichst du?

– Du weißt es wirklich nicht, Tirza? Daß sie den Leichnam Jesu gefunden haben und ihn dieser Stunde von außerhalb in die Stadt zurücktragen, ihn zu verbrennen?

8

– Von wem hast du das?

– Von denen, die dich freiließen.

– Denen ich alles hätte sagen können, alles hätte geben können, sie hättens in ihren Händen vergessen? Von denen hast dus? Hätte ich denen gewiesen, wo er ist, sie hätten ihn nicht gefunden. Hätte ich sie tragen lassen, sie hätten sein Gewicht nicht gespürt, vergessen, daß sie tragen, und blind zerrissen. Denn in alle Richtungen hätten sie, wovon sie nicht mehr wußten, zerrissen, es anderer Interessen halber zerstreut.

– Mir kannst du es sagen.

– Du redest wie sie, Judas Thomas. Du stellst die gleichen Fragen. Am Ende bist du einer von ihnen und weißt es nur nicht. Mir sprach man schon davon, daß draußen einer auf mich wartet, bis ich freikäme, damit er mich wieder gefangennähme. Sag mir also zunächst, warum du fragst, warum du wissen willst, was ich ihnen schon hätte geben können, sie hättens nicht gewollt.

– Weil ich Gewißheit will.

– Was ist dir das?

– Gewißheit. Will wissen, was mit ihm geworden ist, dem Herrn. Dem, dem ich folgte. Und nicht das Durcheinanderreden jener andern, die behaupten, sein Grab sei leer aus anderm Grund.

– Aus welchem, sagen sie?

– Weil er auferstanden sei. Nein, anders, ich muß die Reihenfolge wahren. Denn anfangs hieß es weggenommen, versteckt, geraubt. Nicht »auferstanden«. Sondern erst, als er ihnen erschienen war, sprachen sie: »Er ist auferstanden.« Und dachten bei sich: Wie könnte er uns sonst erschienen sein?

– Und du?

– Ich war nicht dabei. Aber ich sage: Er ist ihrem arg geplagten schlechten Gewissen erschienen. Nicht auferstanden.

– Du scheinst genau zu wissen, wie er ihnen erschienen ist, und warst doch nicht anwesend.

– Wie mir als Kind der Zwilling erschien, wenn ich stahl.

– Der dir erschien?

– Mein toter Bruder, der erstgeboren starb, und dessen Name, Judas, auch mir gegeben wurde.

– Warum auch dir?

– Um Judas, meinen Bruder, in mir, dem Zwilling, zu erinnern. Ich aber war nur Judas Thomas, war Didymos, der Zwilling, Ersatz für den gepriesenen Ersten, dem ichs zu eng gemacht in meiner Mutter Leib. Den ich, bevor er ihn verließ, erstickt hätte, so hieß es, mit unserer Nabelschnur.

– Und glaubst du denen, die dir so berichteten?

– Warum denn nicht?

– Auch da warst du doch nicht dabei, hast ihn nicht selbst verscharrt, den Zwillingsbruder. Und glaubst doch, daß es sich so zutrug?

– Ich weiß nicht mehr genau, wer es mir so erzählte. Erinnere nur, daß ich als Kind schon dachte: Dafür, daß mir mein Bruder sterben mußte, hat man Judäa, ein ganzes Land, nach ihm benannt. Er war jetzt überall. Und selbst Jerusalem, die Heilige, sie lebt in seinem Land, in dem Judäa meines Judas, an dessen Namen ich, der Zwilling, dem man die Schuld an seinem Tod gab, lediglich erinnere. So dachte ich.

– Und der erschien dir, dieser Bruder?

– Leibhaftig, viele Male.

– Und daß er dir erschien, war dir kein Zeichen?

– Ein Zeichen?

– Ein Zeichen dafür, daß er lebt. Denn er erschien dir ja. Erschien dir, wie Jesus den Jüngern im Haus erschienen ist.

– Nicht so. Den Bruder konnt ich mir herbeiglauben. Er stand mir zu Befehl. Wie das bei Kindern ist, die mit dem andern spielen. Und wenn das Spiel vorüber ist, dann ist der andere wie wegbefohlen, er war nie wirklich da. Die Jünger aber, die Jesus gesehen haben wollen, die sagen: »Wirklich.« Sagen: »Er wars.«

– Das sagst du nicht von deinem Bruder. Sondern du sagst, du seist es selbst im Spiel gewesen. Wie aber sahst du ihn, wenn er im Spiel für dich erschien?

– Ich sah ihn all das tun, was mir verboten war. Als Kind. Solang ich Kind war und wir miteinander spielten, miteinander sprachen.

– Worüber spracht ihr?

– Ich fragte ihn einmal, ob ich ihn anderen herbeibefehlen könnte, daß die ihn sähen so wie ich.

– Du meinst die Eltern, die dich nach ihm nannten?

– Die mir die Schuld zuwiesen, die.

– Und? Hat er dir geantwortet?

– »Wenn Tote auferstehen«, hat er mir zugeflüstert. Als läge darin sein Geheimnis. Als meinte er auch nicht, was mir Erwachsene schon längst bestätigt hatten: Wenn Tote auferstehen, am Ende aller Zeit, ruft der Messias die Gerechten zum Fest.

– Und warst dus dann zufrieden?

– Wie könnte ich mit der Schuld an seinem Tod je ein Gerechter sein? dachte ich. Von welchem Gott, welchem Messias je für gerecht gehalten, zum Fest geladen werden, daß ich ihn wiedersäh, den Bruder? Und bat den Zwilling manchmal, wenn ich im Spiel den Raub an uns verteilte, ob er mir nicht die Schuld vergeben könnte. Denn ich, der alles mit ihm teilte, wär doch sein Freund und Bruder. »Vergibst du mir?« fragte ich ihn. Da schwieg er oder flüsterte so leise, daß ich die Antwort nie vernahm.

– Und wenn du sagst: Du hörtest ihn reden, sahst ihn stehlen, dann warst dus wirklich selbst, der redete, der stahl?

– Ich selbst. Doch sah ich ihn, wie vor mir, alles tun.

– Sahst sein Gesicht?

– Das nicht. Auch wenn er redete, dann war er abgewandt. Oder verdeckt, als würd er sich verstecken vor mir und vor den andern. Ich dacht mir sein Gesicht verdeckt, weil ich es mir nicht denken konnte.

– Warum? Stand er dir nicht, wie du gesagt hast, zu Befehl? Also auch sein Gesicht? Wer hätt es dir verdeckt befohlen?

– Nicht ich.

– Wer sonst?

9

– Ich weiß es nicht. Einmal kroch er vor mir in den Garten unsres Nachbarn, durch Gras und wirr gefallenes Gezweig bis hin vor einen Feigenbaum, der Früchte trug. Im Schatten dort lag eine Schale Wasser, aus der wir dann wie Tiere tranken. Als ich so tat, als stieße seine Hand die Schale zu mir her, erschrak ich. Ich sah – sah es nicht ganz, doch gänzlich unverdeckt – sein Angesicht im Wasserspiegel. Erschrocken war ich, weil es häßlich war, verzerrt, die dunkle Haut verzogen, wie verbrannt, doch mir noch ähnlich, mir verwandt. Ich trank nicht mehr, ich stieg den Baum hinauf, ganz rasch, aus Angst. Mir gegenüber tat ich so, als müßt ich mich verstecken. Als hätte der Besitzer, von dem wir beide stehlen wollten – denn darauf lief das Spiel –, den Garten grad betreten.

– Und hattest dich in Wirklichkeit versteckt vor dem, der dir den Augenblick lang unverdeckt erschienen war?

– Ganz so, Tirza. Als sei der eins mit dem Besitzer jenes Gartens, besäße alles, was sich drin versteckt.

– Und so, als gäbe er Befehl, der Bruder? So, als besäß er dich?

– Fast so, schien mir.

– Das warst doch du, der dir erschien im Spiegel.

– Nicht dieses eine Mal. Der war ganz fremd, den ich da sah.

– Und doch sagst du: verwandt.

– So war er mir erschienen. Und, wie gesagt, als Kind, solang ich Kind war nur.

– Wie Kindern also, willst du sagen, so wäre auch der Leichnam deines Herrn den anderen erschienen, in einer Vorstellung. In ihrer. Als Fremder, doch verwandt. Ganz unverdeckt, doch wie verdeckt vor dir: *du* sahst ihn nicht. Und sagst deshalb: Es ist Gewißheit nicht zu finden im Reden jener Jünger, sondern –

– »Zeig ihn mir endlich!« hätte ich zu dir gesagt. Noch vor wenigen Stunden. So hätt ich zu dir gesagt: »Zeig mir den Leichnam Jesu, führ mich zu ihm, Tirza!«

– Das wäre dir Gewißheit gewesen?

– Sein Leichnam. Einzig sein Leichnam.

– Und wenn ich sagte: »Folge mir«, dann würdest du mir folgen? Und mit mir gehn zu ihm?

– Vor wenigen Stunden noch, ja. Ich wäre dir gefolgt.

– Sein Leichnam aber, den sie jetzt gefunden, der schlösse sicher aus, was jene andern sagen, von wegen Auferstandensein, meinst du?

– Gewiß. Ihr Sehen war nur Reue, ihr Glaube Wunsch.

– Das wär es dann gewesen. »Denn hier ist ja sein Körper«, würdest du dir sagen. »Das war er, Jesus. Das ist alles.« Der Rest: Erinnerungen.

– Nein, nicht nur das. Ihm nachzusterben, dachte ich. Aber ich weiß auch das nicht mehr. Seit sie ihn tot gefunden haben, die Leiche öffentlich verbrennen wollen ...

– ... wäre es sinnlos? Denn du müßtest dir sagen: »Wem stürb ich schon nach?«

– Ich weiß nicht. Ich weiß es nicht mehr. Ich würde ihn, so dacht ich auch, berühren wollen. Ich hätt ihn gern berührt, um meine Zweifel aufzulösen, dort im Berührungspunkt ihn zu erinnern, wie er war. Ich bin ihm fern, entfern mich immer mehr, das spür ich. Und will doch immer näher, will ihn nah. Die Nähe wär Gewißheit, sag ich mir. Gewißheit haben, was mit ihm geschehen ist. Das muß das erste sein. Dann will ich weitersehen.

– Gewißheit haben wirst du noch in dieser Stunde, wie du selbst sagst. Sie bringen ihn ja herein. Und wenn sie die Leiche verbrennen, wirst du zusehn. Die Flammen aber werden rasch zugreifen und Feuershand anlegen für all die, die noch einmal berühren wollen. Es wird ihnen sogar warm dabei werden.

– Du verhöhnst mich.

– Ich male dir nur die Richtung aus, in die du gehst, wenn du auf seinen Leichnam wartest. Du widersprichst dir nämlich selbst, entzweist dich, ohne es zu wissen. Beunruhigt wärst du nicht über ein leeres Grab. Beunruhigt auch nicht über welche, die den Leichnam hätten. Beunruhigt *bist* du, ohne daß du dirs gestehst, über das andere, das hinter deinem ganzen Warten wartet. Denn daß er auferstanden wär, *das* ist Beunruhigung.

– Wenn es das war, gewesen wäre, dann jetzt nicht mehr. Sie haben ihn ja gefunden.

– Da widersprichst du keinem mehr als dir. Denn was gilt dir? Was ist? Hier beruhigt zu werden, größte Beunruhigung. *Das* ist. Hier Sicherheit zu haben, Ende aller Sicherheit. Das *ist*. So redets doch in dir, so weiß etwas gewiß. Und du willst nicht, daß so gewiß sein könnte, was ohne End beunruhigt. Du hörst dich nicht. Warum sonst wärst du zusammengebrochen, als man dir kundgab: Er wird herbeigeschafft, man hat ihn? Schon jener Knecht, der dich mir zeigte, wußte: Du wartest nicht auf mich, sondern auf Antwort.

– Und? Hast du Antwort?

– Folgst du mir?

– Das tu ich doch.

– Ich war es, die dir folgte, von dir gezogen. Du willst mir ständig voraus. Du bist soweit zu sagen, daß deine eigentliche Frage, wo ich ihn nämlich halte, deinen Herrn, jetzt, da sie ihn entdeckt, sich nicht mehr stellt.

– Was sagst du, Tirza?

– Du willst, daß ich beruhige, was in dir ruhig sein will, aber nie Ruhe findet. Du willst bestätigt sein, nicht folgen.

– Was sagst du? Daß sie sich doch noch stellt, die Frage? Daß ich noch fragen sollte, wo er sei?

– Du glaubst, daß sie den toten Jesus haben?

– Haben sie ihn? Was weißt du?

– Wie schnell du fragen lernst.

– Was weißt du, sag schon!

10

– Und wenn ich jetzt bestätigte, was sie dir sagten, dann wärst du, Judas Thomas, völlig überzeugt?

– Ich müßt ihn sehen.

– Hier ist er. Denn heute, wie du weißt, gegen Mittag, ist eine Gruppe Reisender, die hinab nach Jericho wollten, auf dem Weg durch die Wüste von einem Trupp Soldaten aufgehalten worden. Die waren auf der Suche nach Räubern. Man erklärte den Reisenden, daß ein Hauptmann in jenen Bergen erschlagen worden sei und ausgeraubt. Die ihn begleiteten, die hätte man tags darauf, vom Wege ab, halb tot gefunden. Man wolle die Mörder stellen, so hieß es, und fragte, ob welche der Reisenden gesehen hätten oder von anderen gehört, wo sich die Bande aufhielte. Darauf aber konnte keiner der Gruppe antworten. Noch vor den Feiertagen seien sie von der Küste hergezogen und hätten das Passah in der Stadt verbracht. Sie gingen den Weg hier nicht regelmäßig.

Und doch wurde ein jeder befragt. Dazu schritten mehrere Soldaten durch die Gruppe, langsam streifend, bei einzelnen verweilend. Die Reisenden hatten Ware dabei, und so verlor man auch dieses, jenes Wort übers Geschäft.

Besonders einer der Soldaten. Der hielt beim vorletzten der Gruppe und plauderte mit ihm. Der Soldat sprach die Befürchtung aus, die Bande hätte ihre Verfolger immer im Auge, sei dem Trupp stets einen Schritt voraus, die Suche werde vergeblich enden. Er wünschte, so sagte er, den ganzen Wüstenstreifzug nicht umsonst getan zu haben, und wolle, sofern ihm von der Ware des Reisenden etwas gefiele, auch kaufen. Als der Reisende sich aber weigerte, auch gar nicht unfreundlich, denn hier: die ersten seiner Gruppe zögen schon weiter, er wolle nicht zurückbleiben, schon gar nicht auf so gefährlichem Weg, da schlug der Soldat ihm einen Streich und hieb die Seile um die Kiste durch, die ihm sein Esel trug, so daß sie niederkrachte, jene Kiste, und einige Mitreisende zurückblickten. Denn was war dort? Ein Handgemenge? Da ließ der Hauptmann alle nochmals halten.

Man ritt heran und sah, daß jener Römer den Reisenden, der abgesprungen war zum Angriff, von sich gestoßen hatte. Daß der Soldat ihn jetzt mit seinem Schwert auf Abstand hielt, ihn ganz wider den Bauch des Lasttiers zwang. Daß das geringste Rucken des Tiers die Kehle jenes Reisenden ins Schwert gestoßen hätte.

Der Kasten aber lag vom Fall zerbrochen. Und aus dem Kastenende ausgeworfen, da war ein Ballen Tuch im Straßenschmutz zu sehen. Die Ware also, die der Soldat, der seinem Hauptmann nun auch Antwort stand: »nur sehen wollte, um von ihr zu kaufen.« –

»Das wird dich teuer kosten«, meinte der Hauptmann und befahl: »Zieh dein Schwert ein und laß ihn los. Kauf ihm den ganzen Ballen ab, den du beschmutzt hast.«

Der Soldat gehorchte, nicht ohne Unwillen. Er zog sein Schwert zurück und ließ dieselbe Spitze, die jenem Reisenden an die Kehle gesprungen war, unter den Kastendeckel fahren, stemmte ihn auf und kniete hin, den Ballen anzupacken. Er sah erst nicht, was sie vom Pferd aus alle deutlich sahen: daß hier, ins Tuch gehüllt, der Körper eines Menschen lag.

Der Reisende brach plötzlich los und rannte, da ihm der Rücken versperrt war, den Hang hinab, vom Weg. Rasch holte man ihn ein und schleppte ihn zurück. Denn hier: Das Tuch war aufgeschlagen. Ein Mann lag da, war nackt, ein Jude, bärtig, dessen blaublasser Körper die Spuren von Mißhandlung und Male der Kreuzigung trug.

Sofort befahl der Hauptmann seiner Truppe, alle Reisenden festzunehmen, weil sie die Leiche, nach der in Jerusalem gefahndet wurde, bei sich versteckt gehalten hätten. Er glaubte ihnen keineswegs, als sie beteuerten, sie hätten von nichts gewußt, ja jenen Reisenden erst gestern, vor ihrem Aufbruch aus der Stadt, zu sich gelassen. »Den sie aus dem Grab geraubt haben, der ist es«, rief der Hauptmann seinen Soldaten zu, so daß es alle hören konnten. »Der Aufrührer, der letzte Woche verurteilt und gekreuzigt wurde. Der, dessen Anhänger behaupten, er sei auferstanden«, rief er und lachte. Und dann zu den Reisenden, die man vor seinem Pferd zusammengetrieben hatte: »Das behauptet ihr doch und wolltet dafür sorgen, daß es auch andere von ihm behaupten.«

Wieder baten sie den Hauptmann, ihnen zu glauben. Sie wüßten nicht, wer der Tote sei. Zwar hätten manche von jener Kreuzigung gehört – man war schon in der Stadt, als sie geschah –, sonst aber hätten sie nichts mit dem Toten zu schaffen. Auch jener Reisende, in dessen Kiste man den Leichnam gefunden hatte, hielt unter Schlägen an sich und sagte nichts, beschuldigte auch keinen seiner Gruppe. Und doch: man nahm sie alle mit. Es waren an die vierzig Mann. Sie stünden, hieß es, unter Verdacht. Sollten sie aber unschuldig sein, so würde sich das in Jerusalem bei genauerer Befragung erweisen.

Das ist der Trupp, der ankam, bevor man mich entließ. Der, den sie dir auch angekündigt hatten.

11

– Und woher weißt du, Tirza, alles so ausführlich, als seist du selbst dabeigewesen?

– Ich wollte, daß dus siehst. Wies jene sahen, die dabei waren und ihre Unschuld beteuern.

– Sind sie unschuldig?

– Was meinst *du*?

– Sicher nicht jener, der entkommen wollte und der den Kasten bei sich trug. Wie heißt er, Tirza? Kennt man ihn hier bei uns?

– Was fragst du mich? Ich kenne die Stadt kaum. Aber du hast doch vor dir gesehen, was ich dir schilderte. Vielleicht erkanntest du ihn?

– Ihn erkennen? Du machst dich lustig. Ich hab doch nur –

– ... gesehen, was du sehen willst und sehen mußt. Nicht wahr? Du warfst den anderen Jüngern vor, sie hätten deinen Herrn aus Zwang gesehn. Du sagst: Sie *mußten* sehen, so schuldbeladen waren sie. Und du? Willst wahrhaft sehen? Siehst hier, nachdem ichs dir erzählt, schon einen schuldig. Die andern unter einigem Verdacht, da bin ich sicher. Und sahst, wie alle andern: den Kasten aufgebrochen, die Leiche deines Herrn und Bruders. Schon morgen, wenn sie ihn verbrennen, da wirst du glauben, wie jene andern, die du jetzt verdächtigst. Sie werden freigelassen neben dir stehen und dir bestätigen, was du siehst. Du wirst den Leichnam sehen, der dir angekündigt ist. Du wirst ihn brennen sehen, den Herrn. Dann, traurig und verwirrt, wirst du dich abwenden und dir zurechtreden, was hier vorgeht. Zurechtreden auch alle Zeit, die du mit ihm verbracht. Denn alles ist nicht stimmig. Das muß zurechtgeredet werden. Wie man es sonst am Grab Verstorbener pflegt: man redet sich zurecht, wer sie und was wir ihnen waren. Und hat das Band zerschnitten, sich längst getrennt und, wie es richtig gilt, Lebendiges von Totem ferngehalten.

– Lebendige von Toten, allerdings.

– Die Wahrheit aber von beiden.

– Die Wahrheit muß ich *prüfen* können.

– Wie könntest du?

– Lebendig muß sie vor mich kommen.

– *Dein* Kommen muß es sein, du, Judas Thomas. *Du* kommst vor sie. Nur: nie lebendig. Dein Sterben muß es sein. Gestorben mußt du vor die Wahrheit kommen. Denn aus Toten macht sie Lebendige. Verwirf die Wahrheit, die zu dir kommt. Denn in ihr Feuer mußt du, du mußt brennen.

– Sprichst du vom Leichnam des Jesus, den sie gefunden?

– Wie man dir zutrug. Auch eine der »gekommenen« Wahrheiten.

– Die ich verwerfen soll?

– Nicht aber, wie du gern verwirfst.

– Wie denn? Wie verwerfe ich?

– Indem du vergißt und schnell aufs nächste springst.

– Prüfe mich, Tirza.

– Er ist es nicht.

– Er ist es nicht?

– Der Leichnam, den sie bringen. Ist nicht dein Herr.

– Ist nicht der Leichnam Jesu?

– Und doch dein Herr. Denn ich seh, er zwingt dich.

– Der wär nicht Jesus, den sie bringen? Wo ist er dann? Hast du ihn noch?

– Er zwingt dich, wie ich sagte. Zwingt dich hier: zu vergessen. Du springst aufs nächste schon.

– Was wär auch wichtiger als er? Nur um von ihm zu wissen, hab ich auf dich gewartet. Ich habe dir nichts vorgemacht, denn nur um Jesus geht es mir.

– Du hast dir selbst was vorgemacht. Denn jener Leichnam, den sie brachten: an ihm ist kein Vorbei.

– Wer ist es denn? Hat man den Leichnam irrtümlich hierher geschafft? Oder ist er die Fälschung im Spiel von Fälschern, ein ausgetauschter Körper, den sich ein Täuscher nachformt, uns zu täuschen? Aber auch das will ich bezweifeln. Denn wie du behauptetest: »Hier ist er«, als du vom Fund jenes Hauptmanns sprachst, dem Körper des Gekreuzigten, so sagst du jetzt nur wieder: »Nein, sieh doch, dort ist er.« Als sei er hier und dort, an beiden Stellen gleichzeitig, wahrscheinlich aber, wo es dir beliebt.

– Ich habe nur gesagt: »Hier ist er.« Schon sahst du, was du wolltest, sahst, was du sehen mußtest.

– Und was hast *du* gesehen, Tirza?

12

– Schau über deine Schulter zurück auf den, der eben noch an uns vorüberging. Auf jenen alten Tempelwächter, der unsern Weg vorübergehend kreuzte. Siehst du ihn dort? Gerade verläßt er den Hof der Heiden, auf dem wir im Kreise gehen. Er will nach innen, an der Steinbrüstung vorbei, den Hof der Frauen betreten, auf das Nikanor-Tor zu, das er bewacht und das den Hof der Frauen vom Hof der Männer trennt. Siehst du, wie schwer er geht? Er hält sich am Stein, als hätt er Atemnot, der Alte. Jetzt geht er weiter, ist verschwunden.

– Ich sah ihn.

– Samuel ben Pharez heißt er. Er öffnet morgens, schließt des Abends ein Tor des Tempels, über das er wacht. So wurde es mir erzählt. Ist Vater zweier Söhne, ist Vater Jakins, des Sohns seiner verstorbenen Frau. Und auch des Boas, den er so nannte, da er ihn ausgesetzt und sterbend fand und zu sich nahm, »in Trotzgewalt« ihn überleben sah, den Boas. Oder wars umgekehrt? Nannte nicht der Alte ihn »Boas«, als er ihn fand, und überlebte nicht jener Säugling, als er den Namen hörte: »in Trotzgewalt«? Denn im Tempel, nahe dem Tor, wo er wachte, hatte Samuel eines Abends das Kind gefunden. In der Dunkelheit lag es und schrie, von Pilgern ausgesetzt oder vergessen.

Boas und Jakin aber nannte er beide, den Findling und den eigenen Sohn, nach den zwei Säulen des alten Tempelhauses Salomons, die links und rechts des Eingangs Wache standen. Denn nur durch die zwei, durch Boas und Jakin, war Eingang zu Gott.

Als man vor wenigen Tagen das Grab des Jesus, deines Rabbis, leer fand und argwöhnte, es hätten welche von euch für sein Verschwinden gesorgt, um später behaupten zu können, er sei auferstanden, das leere Grab sei Messias-Zeichen, da beriet man sich unter den Ältesten. Denn man fürchtete, daß durch solche Behauptungen eine große Zahl Gläubiger irregeführt würden. So hörte auch Samuel davon, der Tempelwächter, noch am selben Tag. Sorge und Angst überkamen ihn für das Haus, das er bewachte. Und Samuel verbarg seine Angst vor den Söhnen.

In der Nacht aber, als er schlief, zeigt ihm ein Traum das Nikanor-Tor im Tempel. Er, Samuel, steht allein davor und hält Wache. Der Tempelhof liegt weiß in der Sonne, menschenleer. Da kommt von Mitternacht, aus der Richtung des Tors der Finsternis, ein Fremder über den Hof auf Samuel zu und spricht: »Warum versteckst du das Kind vor dem Herrn? Ruf dir den Findling, den du Boas nanntest, dessen Name aber nur Gott kennt, und opfere ihn, wie Abraham opferte. Aufbrennen soll er zu Gott, dem allein er gehört, dieser Findling. Denn in Seinem Haus hast du ihn gefunden und ihn vor mir versteckt.«

Aber Samuel ruft den Sohn nicht zum Opfer, sondern treibt den Fremden, der ihm den Sohn rauben will, mit Schlägen davon.

Als sich der Wächter umwendet, zu seinem Tor zurückzukehren, da ist das Tor verschwunden. Das Tempelheiligtum selbst sieht er in einige Ferne gerückt. Er eilt darauf zu, erkennt, daß es noch immer die heiligen Maße besitzt, auch noch an heiliger Stelle steht. Nur ragt Sein Haus dunkel jetzt, goldentkleidet, erdbeschmutzt. Der Brandopferaltar davor ist abgetragen. An dessen Stelle liegt ein gefallener Baum, der seine Wurzeln wirr in den Himmel reckt.

In die Schatten des Wurzelgewirrs läßt Samuel seine Finger greifen, denn ihn erinnerts an die Gestalt des Heiligen Opferfeuers, das sonst hier brannte. Als sei nun das Feurige irdisch vertauscht, zum Hohn Unterstes nach oben gekehrt, in Flammenfigur, aber flammenlos kalt.

Und Samuel fühlt seine Schuld daran. Schuld, den Fremden davongetrieben und den Findling, den er aus Liebe hielt wie einen Sohn, nicht herbeigerufen zu haben. Schuld und Furcht fallen ihn an, seine Weigerung habe das Heilige vor seinen Augen vertauscht und nach unten gekehrt. Unwiderruflich sieht er verloren, was Abrahams Gehorsam Gott abgewonnen hatte. Und so, in Furcht, Ratlosigkeit, Trauer, nähert sich Samuel dem Haus.

Als er die zwölf Stufen zum türlosen Tor, dem Sinnbild des offenen Himmels, emporsteigt, da ist ihm, als ließe vom Inneren des Tempelhauses eine leise klagende Stimme sich hören. Er tritt einwärts und sieht die Wände des Hauses dunkel und leer, beraubt ihres Golds wie die andern. Die Stimme aber hallt windgetragen, undeutlich hinfahrend und her.

Tiefer im Raum sieht er den mächtigen babylonischen Vorhang vom Wind gebauscht. Sieht Wind hineinstoßen in die Farbenpracht seiner Flächen, sieht deren Bogen tief in die Leere dahinter gebeugt. Denn auch hier, wo Samuel die Schranke zum Heiligen erwartete, ist der Raum seiner goldenen Türen beraubt.

Da erkennt Samuel die Stimme Gottes, die sich hinter dem Vorhang entsetzt. Und Samuel sieht Gottes Entsetzen fassen die Falten des heiligen Vorhangs, in den die farbige Welt und die Sternflut des nächtlichen Himmels gewoben war: Erde, aus Byssus geknüpft, Wasser, geflochten aus Purpur, hyazinthengewirkte Luft, strahlend aus Scharlach das Feuer. Und Samuel sieht angegriffen das All. Und stürzt, überwältigt von Angst, als der Vorhang entzweireißt und Gottes Stimme verstummt. Stürzt durch den Riß und sieht noch dahinter ...

Bis ins Allerheiligste ausgeschlachtet, zum Felsengrab niedergerissen sieht er den Raum. Schreiend schließt er die Augen, will zurückkriechen vor Schmerz, will sich wenden. Da schlägt ihm der Wind den gebauschten Rücken der Schöpfung, die zerrissene Sternenflut Gottes, den teuergewobenen Vorhang hin an die Stirn. Und Samuel hebt seine Augen und sieht, daß der Rükken des heiligen Vorhangs ein blutbespieenes Leichentuch ist.

Die Söhne aber wurden geweckt vom Schrei ihres Vaters und ließen nicht ab, bis Samuel, der nichts davon sagen wollte, noch in der Nacht berichtet hatte vom Grund seines Traums: daß dem Haus des Herrn Zerstörung drohe und Entweihung dem Tempel Gottes. Samuel aber hielt aus Liebe zu Boas, auch aus Sorge um die eigene Schuld, den Beginn des Traumes zurück und erzählte den Söhnen nicht von dem Fremden, der kam, damit Boas geopfert würde, sondern vom Geschehnis im Tempelhaus sprach er ihnen. Und sie erschraken über das Bild, das ihm gezeigt war im Traum: das vom Vater Bewachte, Grab eines Frevlers. Denn so hatte, sagt man, der Rabbi noch vor seinem Tod den Menschen im Tempel gedroht: »Kein Stein bleibt hier auf dem anderen, niedergerissen wird alles.«

Da, unter sich, erwogen die Söhne, wie abzuwenden sei, daß das Heilige Haus, daß Gesetz und Glaube Schaden fänden. Und wie zu handeln, daß kein Gläubiger von falschen Lehren irregeführt würde, keiner dem Einzigen Gott verlorenginge von denen, die bisher im Tempel geopfert hatten, im Tempel von Sünden gereinigt waren, im Tempel nahekamen der irdischen Wohnung Gottes. Und wie zu verhindern sei, daß die Wache Samuels, des Vaters, zernichtet würde.

Boas und Jakin entschlossen sich, den Lehrern des Irrglaubens zuvorzukommen, die Bedrohung des Tempels, die sie im Traum ihres Vaters angekündigt sahen, abzuwenden und Gott und Sein Gesetz in den Herzen der Menschen zu retten. Noch am selben Tag wollten sie den Körper dessen hergeben, der gekreuzigt war, auch den Dieb hergeben, der den Körper gestohlen hatte, ja, beide hergeben, und durch sich selbst. Sie kehrten zurück zum Vater, und Boas erklärte Samuel ihren Entschluß.

Samuel aber dachte an seinen Traum und den Anfang, den er ihnen verborgen hatte, und zögerte, den Boas ein zweitesmal zurückzuhalten.

Am frühen Morgen gingen die Söhne aus, suchten ihr Ziel nicht außerhalb, sondern entgegengesetzt, innerhalb der Mauern, und gaben sich freiwillig. Man nahm ihren Plan an und verneigte sich vor dem Opfer des Boas, den Gekreuzigten zu verkörpern. Es sollte aber alles heimlich geschehen und wurde heimlich gehandelt.

Während sie sich vorbereiteten, sprach Boas mit ihnen über das Weitere, das sie an ihm zu verrichten hätten, und machte ihnen Mut. Daß sie dem, der seine Herkunft nicht kannte, zur Bestimmung des Endes verhalfen, dafür dankte er ihnen. Denn sein Anfang sei ihm im Sinn dieses Endes erschlossen. Er zählte die anwesend waren und fragte sie, ob einer nicht fehle. Sie sahen sich um und wußten nicht, wen er meinte. Aber als man am Nachmittag das Gift brachte, hörten sie Boas sagen: »Hier kommt er mir entgegen.« Es hieß, Boas habe über der Schale gezögert, als ers sprach, sein Spiegelbild, das fremdvertraute, darin erblickend. Dann aber getrunken und starb.

Darauf ließ man den Körper des Boas geißeln und kreuzigen. Und das geschah unter der Erde in einem Verließ, damit niemand einsähe. Später nahm man ihn vom Kreuz und verwüstete seinen Körper, durchstieß ihm die Seite und begoß, von den Wunden her streichend, den Körper mit Blut. Man legte ihn nackt in ein Tuch, band ihm Kinn, Hände und Füße und hob die Leiche in einen Kasten. Den schnürte man zu mit Schnüren, übergab ihn dem Jakin, der den Kasten des Findlings und Bruders am Lasttier festmachte und sich tags darauf einer Karawane nach Jericho anschloß.

Halben Wegs wurde die Gruppe von einer Abteilung römischer Soldaten aufgehalten. Es hieß, man sei auf der Suche nach einer Bande, die in dieser Gegend einen römischen Hauptmann ausgeraubt und ermordet habe. Während sich der Hauptmann mit dem Karawanenführer unterhielt, entdeckte einer der Soldaten wie zufällig den Kasten des Jakin und schlug dessen Schnüre, nach verabredeter Weigerung Jakins, auf, so daß der Kasten vom Packesel fiel.

Jetzt sah jeder, was sie mitgeführt hatten. Auch Jakin sah es zum ersten Mal. Er weinte, schrie und sprang mit einem Satz vom Pferd, den Soldaten abzudrängen, der das Tuch vom Leichnam zog. Und völlig verzweifelt darüber, was sie getan, ihr Ziel nicht mehr im Auge, sondern nur noch den Bruder, dessen Körper zerschunden vor ihm lag, stürzte sich Jakin vom Weg, den Hang hinab. So daß sie ihm nachmußten, ihn zu ergreifen.

Dann zwang man alle, an der Leiche vorüberzugehen. Manche der Reisenden gestanden, von einem gehört zu haben, der so gekreuzigt worden sei, denn sie waren, von der Küste her, am Rüsttag in Jerusalem angekommen. Andere, daß sie vorbeigegangen seien, wo jener gehangen habe, und ihn hier wiedererkannten. Alle beschworen sie ihre Unschuld. Den Mann aber, der die Leiche des Verbrechers mit sich geführt, den hätten sie nur mitziehen lassen, weil er von zunehmenden Überfällen auf diesem Wege gehört und sie inständig gebeten hätte, sich ihnen anschließen zu dürfen.

Die Römer aber bestanden darauf, daß der Verdacht auf alle fiele und daß kehrtgemacht würde, alle zurück, um in Jerusalem auszusagen. Auch müßten alle der öffentlichen Verbrennung der Leiche zusehen, damit ihnen, sollten sie weiterhin behaupten, sie hätten die Leiche weggeschafft oder gar den Auferstandenen gesehen, niemand in der Hauptstadt mehr glaube.

13

– Wer hat dir das so erzählt?

– Der Mann, der mir Fragen stellte, um zu erfahren, wo der Leichnam Jesu hingebracht worden sei, der hat es mir gesagt. Ich könne das Leben eines Unschuldigen retten und das Leben eines anderen vor Ächtung bewahren, wenn ich ihn wissen ließe, wo der Leichnam liegt. Denn der mich fragte, mich folterte, Antwort zu finden, der war es auch, der dem Boas später das Gift reichte, ihn geißelte und kreuzigen ließ und so herrichtete, daß er für den gehalten wurde, den ich, wie er wisse, versteckt hielte. Es war aber niemand zugegen, als er mir von Boas und Jakin erzählte, auch nicht sein Knecht. Denn es war ihm verboten worden, darüber zu reden. Er wolle die Helden retten, sagte er, die diesem Gott zu Hilfe kämen. Wo aber nicht, da hätten sie in ihm einen, der sie verehre, und über ihren Tod hinaus.

Einmal, als mich der Folterer in meine Zelle zurückschleppen ließ, da hielt sein Knecht im Vorbeigehen an einem Raum. Ich öffnete die Augen und blickte vom Gang aus, am Arm des Knechts vorbei, in den Kerker. Da sah ich eine Wache die Fackel führen, nach der eine Stimme hinter der Wand gerufen hatte. Und hörte, daß die Stimme, die das Licht herbefahl, auf einem saß, der am Boden lag. Dann, daß – während die

Stimme über der Arbeit bei jedem Hammerschlag ächzte – ein langer Nagel in die Handwurzel des Ausgestreckten geschlagen wurde, bis er tief in den Balken darunter gedrungen war. Und sah den Daumen der Hand schon beim ersten Schlag zur Mitte des Handtellers zucken und dachte: Der da liegt, lebt noch. Hörte aber keinen Schrei, nur das Ächzen der Stimme über ihm, der Licht gebracht worden war und die zuschlug, deren Körper aber von der Kerkerwand verdeckt blieb.

Mehr sah ich nicht, denn der Knecht schleppte mich weiter. Aber weil ichs sah, hielt ich für wahr, was mir über Boas und Jakin berichtet wurde. Und als ich später gerüchtweise hörte, sie hätten gefunden, wonach sie bei mir vergeblich gesucht, wurde mir klar, wie sie gearbeitet hatten. Kurz bevor sie mich entließen, wurde der Tempelwächter Samuel, den ich dir vorhin gezeigt, an meiner Gefängniszelle vorbei zu Jakin geführt.

– Warum, wenn es der Leichnam eines Täuschers ist, den sie hereinbringen, der wahre Leichnam aber unentdeckt bleibt, führst du mich dann im Kreis? Warum höre ich ausführlich vom Inhalt einer Machenschaft, aber –

– Machenschaft? Du nennst den Tod dieses Mannes Machenschaft? Ihr Glaube ließ ihn handeln. Nicht für sich, eigennützig, sondern für andere. So wie dein Rabbi handelte. Machenschaft? Was ist dein Glaube dann, der dich warten macht, bis du fiebrig hinfällst? Warten macht auf Nachricht von einem Leichnam und daß er gefunden würde. Warten macht auf eine Berührung desselben und daß sie dich erinnern ließe. Was für ein Glaube ist das, dein Glaube?

– Mit diesen Männern, die sich hergaben, wie du sagst, hab ich doch nichts zu schaffen. Sie kannten den nicht, von dem ich rede, kannten nicht den, der mir gestorben ist.

– Du kommst nicht an ihnen vorbei. Bleibst auf der Stelle, bis du sie erkennst. Du siehst nur eines abgetrennt vom andern. Wie du schon sagtest: das Tote vom Lebendigen abgesondert. Du siehst nicht, suchst nicht die Zusammenhänge. Und ob, was sich nach oben hin bekämpft und sich in Gegensatz zum andern stellt, das andere nicht von unten her ergänzt, mit ihm verbunden ist, gezwungenermaßen, durch seine Gegensätzlichkeit verbunden auf ein engstes. Aufs Ganze hin, so daß das Ganze sich ergibt. Das Ganze aber ist das Eine, Zwilling, das du nie siehst, solang du auf die Teile starrst. Das du nie siehst, solang du diesen, jenen noch verwirfst, als sei *ein* Teil schon alles.

– Du führst mich nicht zu ihm.

– Du läßt mich nicht.

– Du hast ihn nicht, *das* ist es, Tirza.

– Du wärst nicht bei mir, wenns so wäre. Etwas in dir, das weiß noch besser als du und hält dich. Vielleicht nennst du das Müdigkeit und Schwäche. Und wünschst dich in Gedanken, fiebrigschnell, ganz weg von mir. Da aber weiß es deine Schwäche besser und hält dich, hilft mir dich führen.

– Ich weiß nicht mehr, wohin ich soll. Vor einer Stunde noch, da wußte ichs. Ich weiß nicht mehr, wohin. Es ist was über mir, das kreist. Ein Fieber, das mich irren läßt. So seh ich auch die Menschen hier im Tempel durcheinanderlaufen, die sich in einzelnen Höfen absondern, einander kreuzend, querend, sich wiedertreffen vor dem Ausgang und ohne Wissen voneinander Bahnen ziehn, die keinen Sinn ergeben.

– Siehst du denn nicht, was unsere Kreise schaffen, die wir beim Reden hier im Hofgeviert des Tempels ziehen?

– Mir scheinen sie die Bahnen jenes Fiebers, das mich treibt.

– Erkennst du nicht, daß unser Weg ein Zirkel ist, der um die hin- und hergezogenen Geraden der andern kreist, ein Ganzes zu ergeben? Daß unser Kreisgehen hier das Endlichrunden der kreuz-und-queren Bahnen ist, die nichts vom andern wissen?

14

– Ich kann es so nicht sehen. Als fiele alles wirr durcheinander, als seien mir Entscheidungen und jedes Urteil über Menschen und Dinge benommen, so ist mir dieser Stunde.

Genauso war mir auch vor Tagen, als er noch bei uns war, mein Meister. Es war, bevor sie ihn gefangennahmen. Wir lagen zu Tisch im Innern eines Hauses. Da sprach er zu uns Zwölfen, und fiel das Wort von seinem Verräter. Wir aber erkannten, daß er einen meint, nicht außerhalb von uns, sondern der läge bei uns. Jetzt. Da hörte ich dasselbe Fieber in allen, ein seltsames Tönen und Wirresein in den Stimmen und Haltungen aller Anwesenden. Als sei ihnen ausgelöscht die Erinnerung, wer sie seien, wer sie waren, je sein könnten. Und gebrochen alle Erwartung an sich selbst. Denn jeder fragte ihn, als hätten sie allesamt den Verstand verloren, fragte ihn: »Bin ich es?« und: »Ich bins doch nicht, Meister?«

Es war ein Grauen in diesem Fragen, ich hörs noch. Hör mich noch wie die andern fragen: »Bin ich es, Meister?«

Das ging mir lange nach. Denn als hätte man uns die Rücken gebrochen, als rührte, hier im Raum vor uns stehend, etwas uns an, das über uns verfügen und

Schicksal sprechen, jeden, der glaubte, er wisse, wer er sei, in einen andern verwandeln könnte: aus einem, der glaubte, er sei dem Herrn treu, einen zu ziehen, der ihn bespuckt und anderen verrät, so empfand ich das.

Dieses Chaos war aber über uns alle gekommen und hatte etwas vom Anfang. Als würden wir erst hier, an diesem Abend, erschaffen. Als sei noch nichts gegeben, als würde seine Hand das Schicksal uns erst jetzt zuteilen.

Denn davor fürcht ich mich noch immer. Als wüßte ich, daß mir das eine oder das andere erst noch gewiesen werden könnte.

– Hier bist du unsicher gemacht, ja, ohne Meinung, wie du selbst sagst: am Anfang. Der Zustand aber paßt dir nicht.

– Er schafft nur Angst.

– Weil er zertritt und tritt auf jene Teile, die in Angst dich binden.

– Weil er mich machtlos macht.

– Dann preise dir die Machtlosigkeit. Sie ist der Anfang und vor der Angst.

– Ach, du warst nicht dabei! Ich hör noch das »Ich bins doch nicht?«, darin die Angst vorm Neugeschaffenwerden.

– Vorm Sterben.

– Nein, denn du stirbst nicht, aber lebst das Sterben, so ist es, Tirza. Und jene Machtlosigkeit, unsere Machtlosigkeit, die war bemitleidenswert, wenn ich zurückschaue. Fand aber kein Mitleid.

– Willst du leben, lebendig werden oder bemitleidet? Hier gings auf Leben und Tod, und du sprichst von Mitleid.

– Weil sie verachtenswert ist, so meine ich, die Machtlosigkeit, die offene. Denn die Wahrheit daran bleibt unverändert: Auch heute noch, im nachhinein, wo wirs alle besser wissen und wissen, was geschehen ist, auch heute würde so gesprochen werden, so noch gefragt am Tisch. Auch wenn nur Schweigen wäre, so wär es diese Frage, die verschwiegen würde, die im Verschwiegenen jeder spräche: »Bin ich es?« Daß unser tiefster Wille gebrochen werden kann, das müssen wir erfahren. Wenn aber das, auf wessen Grund stehn wir dann? Wem gehören wir an, zu welchem Zweck?

– Du hattest, scheint mir, nicht nur Angst, ein anderer zu werden. Wie schon beim Zwilling, der dir voraus von Gott die Antwort hielt und starb. »Starb«, war die

Antwort. Sein Sterben kam vor deinem Sehen. Es kam davor. Und steht davor noch. Verstellt dein Sehen. Du warst der Anfang eines, der gestorben war, verschwand, und dessen Namen du dann tragen mußtest, ihn anderen zu erinnern. Jene Machtlosigkeit also erinnerte dich daran, daß du schon mal ein anderer warst. Und daß du nicht dich selbst, sondern in seinem Namen den andern leben mußtest.

– Ja, dieser andere war ich, als die Frage ging: »Bin ich es, Meister?« Ich prüfte mich, denn auch ich hatte gefragt: »Bin ich es?« Und blickte nieder, auf die Rillen des Tischs, verstarrte mich darin. Der Meister aber antwortete nicht, als sei ich ihm fremd. Da sah ich beim Starren etwas über mein Auge hinziehen, wie es uns manchmal geschieht, wenn wir starren. Und es war wie ein treibendes Eiland im Fluß, ohne Halt, das entzweibrach über dem Starren. Da hört ichs flüstern: »Herr, wer ists?« und den Meister antworten: »Wer die Hand mit mir in die Schale taucht.« Ich aber wagte nicht aufzusehen. Denn die Schale stand vor mir.

Seine Hand kam, ihr Schatten kam übers ebene Holz und tauchte ein in den Schatten der Schale. Ich schloß die Augen. Da hört ichs sagen: »Judas. Judas ists!«

Und da bin ich es. Da war das Leben des anderen, des Bruders, meines geworden. Denn *ich* wars: Judas, der Zwilling, Judas Thomas, der Verräter.

Machtlos war ich, wußte nicht, was ich tat. Sondern war wie getan. Erhob meine Hand, meine rechte, einzutauchen mit ihm, und sah, daß der andere Judas, der Mann aus Kerioth, der linkerhand neben mir lag, zuvorgekommen war. Und aufstand jetzt und uns verließ. Weil ers aufgehoben hatte, das vergrabene Wort, es erhört, mit dem Bissen gegessen hatte wie heilige Schrift.

15

Ich aber vergrub mich vor ihm, konnt ihn nicht ansehen, den Meister. Teils aus Scham – denn ich, hätte er mirs gegeben, wäre aufgestanden und hätt ihn verlassen. Teils aus Wut über die Ohnmacht – denn die hatte er mit seinen Worten in uns bewirkt, die Machtlosigkeit, offene, in die er eintaucht sein Wort, es dort tränkt, ohne Verstehen und Einverständnis der Machtlosgemachten.

– So daß du dein Versprechen, mit ihm zu sterben, nicht hieltest der Machtlosigkeit wegen?

– Denn er hat mir bewiesen, daß sie zu brechen ist, aufhebbar, meine Liebe. Daß sie nichts ist. Hier war das Chaos: das Umgerissenwerden, Auseinandergerissenwerden, aus dem wir Schuld davontragen, ohne die Teilung bewilligt zu haben. Wollt ich denn meinen Zwilling töten, weil er mir nah war, wollt ich ihn mit der Nabelschnur erdrosseln? Oder war ich ihm nah, ihm immer nah zu sein, war ich umklammernd, um nie getrennt von ihm zu leben?

Immer fragte ich mich, was aus ihm geworden wäre, dessen Tod ich verschuldet. Denn daß er ein ganz anderes Leben geführt hätte als das in meiner Kinderfantasie gespielte, das war mir ebenso bewußt wie: daß auch ich es hätte führen können. Und er das meine.

Mir schien, er hätt es gleichsam wirklicher gelebt. Denn weil er mir gestorben war, erschien mir ungleich wirklicher, was er geschaffen *hätte*, als was ich Zwilling lebend ungeschaffen ließ. Sein Körper fehlte mir, mich von ihm abzugrenzen. Und weil er fehlte, war er auch überall und immerzwei.

– Und doch, scheint mir, fürchtest du nicht den andern, den anderen zu leben. Du fürchtest dich nicht eigentlich: zu hassen, zu verraten. Die Mitte davon fürchtest du. Denn jene kleine Zeit der Willenlosigkeit, des Ausgeliefertseins, der offenen Machtlosigkeit, was ist die? Erinnerung an den Anfang. Und daß du ein Gemachtes bist, mit Willen so Gemachtes, Gewolltes. Das sterben muß. Und also: Rückfall ins Namenlose, unter den Staub. Den Rückfall fürchtest du. Und nicht das Böse, Dunkle. Auch nicht, daß du zum »Judas« würdest, wenn dein Herr auf dich deutet, dir zeigt, daß einzutauchen sei in seine Schale. Nein, nur dem Namenlosen gilt deine Furcht.

Die Furcht hat aber eine unter sich, die noch viel stärker wirkt. Die mußt du suchen lernen, sehen. Denn daß im Bösen, dem Judas und Verräter, das andere ist, der Zwilling, das uns entzweite Zweite, das einzuholen wäre, das scheinst du mir zu ahnen. Nur siehst dus noch im falschen Licht. So siehst du nicht, was drunter liegt. Was du, wie Tod und Rückfall untern Staub, so fürchtest, ist: jene Machtlosigkeit. Daß du in *der* verharren könntest, so an der Staubgrenze, im Wüstenbett zwischen den Ufern, so ziellos, dumpf und unbewußt durchs Leben kriechend, ohne je aufzusehen, vom Herrn, von deinem Bruder, von Spiegelbild und Schale nie zu ahnen: *da* ist der Horror.

– Wie könnt ich sie denn suchen, sie sehen lernen, die Furcht der Mitte, die du in mir siehst?

– Sei machtlos. Sei ausgeliefert, wage dich. Spring in die Mitte, da ist der Anfang, und halt aus. Dann kommt durch eben jene Mitte: der Fluß. Und Leben löst die Angst der Ufer und reißt vom Boden, was im Staub zu Boden lag. Warum sonst wärst du gekommen, deinen Herrn zu finden, ihn zu sehen?

– Zu wissen, was ist und was nicht.

– Zu trennen also. Aber das ist nur der erste Schritt. Jetzt mach den zweiten, auf das Dritte zu, das Eine.

– Was weißt du und wie redest du? Wie eine, die Kinder hütet. Ich werde Schritte machen, wanns mir paßt.

– Nun geh schon, geh schon weiter.

– Was du im Grab getan hast, ohne ihn gekannt zu haben, das sag mir jetzt!

– Im Grab? Da hab ich jenen zweiten Schritt gemacht, von dem ich dir gerade sprach. War wieder Kind.

– Jetzt rede nicht in Rätseln. Woher kanntest du ihn? Ich will es genau. Wann und wo hast du ihn gesehen, nämlich ohne daß wir, die wir ständig bei ihm waren, es bemerkt hätten?

– Der Mond, der jetzt abnimmt, nahm damals noch zu. Vor mehr als zwei Wochen, am zweiten Tag seiner Neuung wars, da zogen wir im Jordangraben mittagwärts, als ich ihn sah, deinen Herrn.

– Jetzt gehst du mir zu schnell. Ihr kamt woher, und was heißt »ihr«?

16

– Wir waren aus dem Bergland vor Damaskus. Meine ganze Familie zog mit mir. Denn ich war Braut, Versprochene, war unterwegs zu dem, dem ich versprochen war. Wir waren zeitig losgezogen, um vor der Hochzeit noch das Passah in Jerusalem mit ihm und mit den Seinen feiern zu können.

– Wo war dein Bräutigam?

– So wars verabredet: Am dritten Tag auf die Mondneuung würde er zu uns stoßen, uns über den Fluß und dann aus dem Graben führen. Die Steige hinauf durchs Wüstengebirge bis nach Jerusalem, wo seine Familie alles für uns bereitet hätte.

– Du kanntest deinen Bräutigam?

– Als Kinder nur, schon viele Jahre her, da kannten wir einander, spielten. Ich war nicht ohne Furcht, ihn jetzt, nach so langer Zeit, wiederzusehn. War aufgeregt und wußte nicht, wie der, der sich im Spiel einst gut versteckte, mir jetzt im Ernst offen entgegenkäme.

– Und ihn, wann trafst du ihn?

– Den Bräutigam?

– Den Jesus meine ich, wann willst du ihn getroffen haben?

– Am zweiten, wie ich sagte, bevor du unterbrachst.

– Am zweiten waren wir noch drüben, am andern Jordanufer. Das mag stimmen. Aber wie hätten wir dich nicht gesehen?

– Es waren damals viele um euch, die hatten sich, abseits des Wegs, um einen geschart, den man jedoch nicht sehen konnte. Auch meine Schwester und ich liefen hin, um zu erkunden, was dort geschah. Sie war aber schneller als ich und fand zwischen den Umstehenden Eingang, den man mir, der zweiten, nicht mehr gewährte.

Da sah ich einen Baum, in dessen Schatten welche lagerten, die schliefen. Zog meine Sandalen aus und stieg in den Baum. Ich hatte Schwierigkeiten, zwischen den unteren Astwindungen durchzufinden, so daß ich beim Höhersteigen nicht mehr wußte, in welche Richtung ich zu klettern hätte und wo das Büschel Zweige dann zu öffnen, hinauszusehen wäre auf den, um den sich alle scharten. Wenn ich mich stillehielt im Baum, nach Stimmen zu lauschen, die mir die Richtung gäben, hörte ich nur ein Rascheln von überallher, ein Biegen der Äste im Wind. Da wars mir, als käme etwas auf mich zu, vom oberen Stamm nach unten: ein Schleifen und raschelndes Zischen, so daß ich in Angst geriet und mich entscheiden mußte. Schnell trat ich auf einen der Seitenäste und hielt mich an einem zweiten darüber, ging seitwärts, nach außen. Bis auch da kein Weiterkommen mehr war, die schwachen Äste unterm nächsten Schritt ganz nachzugeben drohten, der Ast, an dem ich mich gehalten hatte, hier auseinanderklaffte.

Und immer war ich noch im Dunkeln, die Sicht von Laub und Astgewirr verstellt, nur jetzt bei einiger Gefahr zu fallen. Ich weiß nicht, warum ich gewartet habe. Ich hing, die Arme an den Ast geklammert, im Baum und überlegte mir, wie dumm es war, hier raufzusteigen; und wie hinabzusteigen und auch die Mitte, die mir nicht geheuer war, noch zu umgehen sei. Da stieß, als ich den Mut nicht fand zurückzugehn, der Wind die Seite auf, in der ich stand. Und ich konnt sehen, um den sie standen – den Jesus.

– Und wovon sprach er, als du ihn so sahst?

– Ich konnte ihn dort, wo ich stand, nicht hören. Nur sehen. Die kleine Weile lang. Zu hören war nur der Wind. Aber etwas ...

– Ja? Sag es doch.

– Etwas Seltsames geschah.

– Was denn, Tirza? Was?

– Nichts, was ich hätte deuten können. Es war nichts, war fast nichts.

– Dann sags mir doch.

– Er sah mich an, das wars. Nein, das wars nicht. Er sah mich fast an. Fast. Verstehst du?

– Was meinst du?

– Es war, wie wenn ich wegschau, von dir weg. So, siehst du?

– Ich sehe dein Gesicht nicht mehr. Was soll ich sehen? Wohin du schaust?

– Und jetzt? Was siehst du?

– Jetzt seh ichs wieder, fast.

– Fast. Weil ich anhielt, das Wenden meines Kopfes anhielt.

– Ja und?

– So war es dort. Ich sah, daß er den Kopf herwandte. Nur, nicht wie zufällig. Verstehst du? Ich sah sein Auge kommen: fast. Fast hätt er mich gesehen.

– Und?

– Und das war mehr als Sehen, mehr als Gesehenwerden, dieses »fast«. Denn noch als sich die Äste wieder schlossen, im Blickabschneiden noch, sah ich das Herkommen der Augen, Sichwenden seiner Augen her zu mir. Und dann, im Abgeschnittensein, das Echo dieses Blicks. Es war, als dächt ich mir das Ende dieser Wendung und das Zusammentreffen unserer Augen aus. Als säh ich, ja als hört ich: das Aufmichtreffen seiner Augen. So, durch das Abgeschnittensein, wie rasend trafen sie auf mich, mit ungeheurer Gewalt, die Augen.

17

– Und wie erklärst du dirs?

– Wie sich uns das, was wir schon immer sehen wollten, nie offen gegenüberstellt, vorm Starren unserer Augen gleichsam den Rücken wenden muß.

– Warum kann es nicht offen vor uns treten?

– Weil du nicht von ihm weißt.

– Warum, wenn ich nicht von ihm weiß, würd ich es sehen wollen?

– Daß du es sehen willst, das weißt du erst im Sehen. Bei erstem Sehen, verstehst du?

– Gib mir ein Beispiel, denn ich versteh noch nicht.

– Es ist, als wenn du deinen Bruder sähst.

– Nun gut, den will ich sehn. Aber ich weiß auch von ihm und weiß, daß ich ihn gerne sehen würde. Das kann dir also nicht als Beispiel dienen. Denn wie sollt ich sonst nicht von ihm wissen?

– Wirklich aber: Hast du ihn je gesehn?

– Das nicht.

– Hier ist er: Du willst ihn sehn, weißt aber nichts von ihm, du hast ihn nie gesehn. Das ist das Beispiel.

– Was willst du sagen?

– Wenn er sich vor dich stellte: Du sähst ihn nicht. Wenn aber, langsam sich wendend, ein Fremder, der mit dem Rücken vor dir gestanden, noch im Wenden die Möglichkeit dir gäbe, ihn, diesen Fremden, zu sehen, indem er sich fast zeigte – denn das ist ja das Wenden: die Möglichkeit, zu sehen –, dann hättest du, selbst wenn der Blick jetzt abgeschnitten würde, erfaßt, worum es geht. Nein, besser noch, du wärst in diesem Wenden miterfaßt. Denn jetzt ergänzt du, was du nicht gesehen hattest. Ergänzt das »fast« und machst es ganz. Erkennst den Fremden voll und ganz.

– Woraus ergänz ich ihn?

– Doch nur aus dir. Wen hättest du sonst?

– Aus mir? Und wo bleibt da der andere, wenn ich aus mir ergänze?

– Wo er schon immer war: in dir. Denn hier hat sich gewendet, was immer in dir war. Hier wendet er sich ganz zu dir: der du schon immer warst. Im tiefsten, unerkannten Wunsch schon immer warst.

– Und dieser Wunsch?

– Der war hineingelegt in dich. Als du nicht wissen konntest und doch schon alles wußtest. *Den* nämlich siehst du »fast« und siehst ihn heller, ungeheuer klar, wo du ihn dir ergänzt, aus dir holst, was schon immer in dir lag.

– So hat also, wenn ichs versteh, dein Abgeschnittensein, dein Nichtmehrsehen, dich klarer sehen lassen. Weil du jetzt wußtest, was zutiefst dein Wunsch war, in dir von Anfang an.

– Ja. So glaub ichs. So erklärte ich mir auch, daß ich von ihm nicht mehr losgelassen war.

– Ja, so erklärtest dus dir. Aber ob es sich wirklich so verhielt ...

– Mit größter Wirkung, größter Wirklichkeit, das glaub mir.

– Naja. Ich sehe nur: du kamst nochmal vom Baum herab. Half dir denn jemand?

– Wie konnten sie? Die unten waren, schliefen doch.

– Du hättest rufen können.

– Hättest mich nicht gehört, Thomas. Du schliefst ganz fest und unbekümmert unter ihnen. Ich mußte dich wecken.

– Du ... du hast mich geweckt?

– Ich wollte seinen Namen wissen und fragte dich danach.

– Ich hätte dich also schon vor Tagen gesehen?

– Du warst zunächst ganz ungehalten, daß man dich weckte. Hast kaum zu mir aufgeschaut. Du gabst mir seinen Namen, hast noch hinzugefügt: »Er ist von Gott gesandt«, und dich dann wieder hingelegt.

– Wie dem auch sei. Das Fast-Sehen, das du da beschriebst, so sehen sich auch Verliebte, meinst du nicht, Tirza?

– Ganz so.

– Und willst du etwa sagen, du, die Braut und die Versprochene, hättest dich noch verliebt, noch vor der Hochzeit, in einen andern?

– In *ihn*, in keinen andern.

– Verliebt?

– Was du hier mit »verlieben« meinst, das trifft es nicht.

– Was war es also?

– Es gab zunächst kein Wort dafür, so wie es keine Fassung gab. Ich konnt kaum fassen, wie mir war. Ich zog noch mit den andern weiter, war aber eigentlich abseits, vom Weg gebracht, auf einer andern Spur.

– Dann war doch Liebe, Tirza.

– Und wenn ich so hätt sagen können, hätt ich sie mir verboten. Nicht untreu war ich, sondern treu. So treu wie du.

– Was meinst du damit?

– Wie du, als du mich an der Hand nahmst, in die Seite zwischen die Häuser drängtest.

– Um vor den anderen zu fliehen. Sonst hätt ich dich nicht fragen können.

– Dein Fragen war es. Dein Antwort-finden-Wollen. Und warum käm das nicht der Liebe gleich?

– Der Liebe?

– ... die Antwort hat im andern, der widerliebt. Das Fragen und das Lieben sind beide aus einem.

18

– Ihr zogt also weiter?

– Fragst du?

– Gezwungenermaßen. Denn ich will weiter.

– Nicht viel weiter. Denn wir hielten bald, vor Sonnenuntergang. Als wir vom Wasserholen am Jordan zurückkehrten, meine Schwester und ich, da war ich so müde, ich schlief vor Erschöpfung ein. Doch kam ich im Traum wieder zurück ans Ufer jenes Flusses, Wasser zu schöpfen. Mir war tatsächlich, als sei ich dazu aufgestanden, aus meinem Traum, als hätte ich ihn zu Ende geträumt, aufgestanden. Kennst du das, wenn man, noch ganz im Traum, doch glaubt, erwacht zu sein, endlich erwacht, auch glaubt, man stünde auf, ginge davon?

– Ich kenne das.

– Ich sah nochmals, wie ich es schon beim Wasserholen getan, zum anderen Ufer hinüber. Sah, um zu sehen, ob sich der Bräutigam mit seinen Begleitern nicht schon zeigte. In meinem Traum war alles Licht der Sonne gemildert durch die Wolken, von einer seltenen Gleichmäßigkeit, war sanft, war schattenlos. Da kam mein Bräutigam. Ich sah ihn, fern noch, von der anderen Seite ans Ufer kommen.

Ob denn die Stelle hier, dacht ich, nicht allzutief, ob hier die Überquerung nicht zu gefährlich wär für ihn. Sah hin und her im ruhigen Wellenspiegel, die Stelle prüfend, auf die er zuhielt. Denn auch er, schien mir, hatte mich erkannt. Ich blickte nochmals auf die Wasser, die Tiefe prüfend, sah darin spiegelnd das Gewölk am Himmel, da plötzlich teilte sichs.

Die Wolken stießen auseinander, als risse jemand sie entzwei. Der Fluß, der sie gespiegelt hatte, brach längs der Mitte auf und trennte sich in Hälften. Die Hälfte, die mir nah war, floß ein in meinen Krug, der sie zu fassen schien und vom Gewicht der Wasser, die sich hineinverschlangen, halb einsank in die Erde vor mir, wie festgemauert. Die andere Wasserhälfte, dort, wo sie sich geschieden hatte, war aufgesogen von der Mitte. Der Flußgrund war jetzt sichtbar, ganz bleich und ausgetrocknet von der Sonne. Und da geschah erneut ein Bruch. Wo jener zweite Teil der Wasser in einer Ritze längs der Mitte verschwunden war, da brach das Flußbett unter großem Ächzen der ganzen Länge nach. Und riß sich auseinander. Das andere Ufer wich in ungeheure Ferne, war nicht mehr auszumachen, war im Zerrissensein verschwunden. Und mit ihm jener, den ich kommen sah.

Und auch darunter, unterm Bruch, da war noch Welt, schien schwarzes Schachtgestein, ein wilder Adernwald aus Erz, im Sturz hinabgewachsen, darin ich Bauten, Bogen eingesprengt und fremde Tore zu erkennen glaubte. Auch hier durchs Unterirdische brach sich ein Bruch hindurch, es fraß sich auf und brach in zwei die ganze Welt. Denn dort, wo sichs gebrochen hatte, da war ein anderes sichtbar, und war von neuem aufgebrochen. Als sei die Welt wie rasend, sich immer neu zu brechen unter dieser Sonne, die immer neu mit ihren Strahlen in die Tiefe brach, in immer neue aufgebrochene Teile.

Denn es war ein Entzweien, ein großes Abschiednehmen, das immer größer wurde, das immer breiter, immer tiefer, immer rascher sich durch alles fraß, und auch im kleinen: Teilung! Teilung! schrie, und schneller dann: teilt! teilt!, sie brechend, die zusammenwaren, sie sich aufspaltend, die zusammengehörten, das Eingesehne zwiegerissen, das Zugehörige verloren. Und ich verstand den Abschied nicht von allen Dingen, den Abschied nicht, den alle voneinander hatten. Verstand nicht, warum immer wieder, rasend, geschieden werden mußte, alle und alles, entzweigerissen, friedlos-unbelassen. Da trat ich an den Rand aller Durchbrochenen und sah, dort unten auf dem Grund, ein Letztes:

Hier lag das Viereck einer Stadt, war schwarzes Gold, ein Tempel im Geviert, ein Kasten überdacht, schwarzgolden. Ich konnt die Größe nicht erfassen, ihm war nichts zum Vergleich. Es war, als sei dort, wo er lag, der Teilung Ende. Ich sah hinab, empfand nur Trauer, Traurigkeit, daß mir die Stadt, der Tempel, das Grab aller Zerrissenen schien. Da wacht ich auf.

– Erwachtest wirklich oder nur im Traum?

– Erwachte, wo ich eingeschlafen war, bei meiner Schwester. Und sah, daß alle schliefen. Ich war aber so unruhig, daß ich nicht unter ihnen blieb, sondern mich entfernte vom Lager, auch den Kreis der Tiere verließ, in dem wir lagerten. Und ging im Sand unterm Nachthimmel hin, unruhig des Traumes wegen.

– Erwähnte mir nicht jemand, einer der Wächter am Grab habe, kurz bevor sie dich dort verhafteten, in der Gruft einen Kasten bemerkt, in den hinein zwei Hände ein Licht verschlossen?

– So muß er Ähnliches gesehn haben wie ich damals, nur näher. Denn was im Kasten auf dem Grund der Welt verschlossen war, das sah ich nicht.

– Geht es nicht so? Du fragst dich: Was ist in unsere Stadt verschlossen? Antwort: der Tempel. Und hier im Tempel, was hineinverschlossen? Antwort: Die heilige Lade, einst. Ein Kasten! Da siehst du alle drei in einem.

19

– Ich wußte nicht, was der Kasten im Traum bedeutete, ob Schatz, ob Grab. Und wußte nicht, wer die war, die solches sah. Warum ichs sah. Ich ging hinaus, weg von den anderen, und mied den Fluß.

Aber der Wind trug Wärme, und die Nacht hatte himmelher Licht. Da stieß ich auf einen Hügel, der zu umgehen gewesen wäre. Dessen Sand aber lag mir so kühl und windgesiebt zart zwischen den Zehen, daß ich Lust hatte, in ihn zu steigen, die Füße und Zehen beim langsamen Aufstieg zu vergraben in ihm. Ab und zu fühlt ich auch Gräser, die in Büscheln aus der Tiefe des Hügels zu kommen schienen, ebenso kühl und zart, daß ich, kurz vor Erreichen des Hügelkamms, mich hinlegen wollte, mich anzuschmiegen dem Warmen und Kühlen hier, auch etwas ermüdet wieder, vom Gehen und langsamen Aufstieg beruhigt.

Und ich legte mich in den Hügel als in das Tuch eines Zelts, das dem Kind nachgibt, sich der Form des Kinds, sich dem Wunsch des Kinds anpaßt, als sei es verständig, das Tuch. Als wüßte es, wie diesem Kind der schönste Ort, das schönste Versteck zu bereiten sei. Wie auch ihm damals, dem Bräutigam, als er noch Kind war. Als er sich mir versteckte und ich die Zeltbahn hob, ihn sah.

Er hatte die Augen geschlossen, damals als Kind, mein Bräutigam, auf den ich jetzt wartete. Hielt die Augen so inständig verschlossen, als vermöchten die Lider, ihn tiefer zu verstecken. So, daß ich ihn ließ. Wie unentdeckt verließ. Nur einen kleinen Stein, den ich für kostbar befunden und ihm geschenkt hatte, den hob ich auf und nahm ihn wieder mit. Aus seiner Tasche war er gefallen, lag neben ihm, ich sahs. Das Tuch aber ließ ich zurückgleiten, als sei nur der Wind dran gekommen. Entfernte mich, nach ihm rufend, als wüßte ich nicht, wo er sei.

Solche Bilder erinnerte ich, als ich im Hügel lag. Aber nicht mehr den Ausgang des Spiels. Denn den Stein, den ich mir wieder genommen, den hatte ich noch und dachte: Ich will ihn zurückgeben, wenn er sich an ihn erinnert. Denn dann erkennt er auch mich, und es wär, als seien wir nie getrennt gewesen. Die Kindheit wär uns aufgehoben in diesem Aufgehobenen.

Da wurde ich geweckt aus solchen Gedanken durch Stimmen, nah, von der anderen Seite des Hügels her, kaum jenseits des Kamms. Und als ich sie hörte, wars mir, als hätte ich mich angeschlichen, als hätte mich jemand zu dieser Stelle geführt, daß ich belauschte die Stimmen.

Es waren aber zwei. Die schienen mir ebenso gelagert wie ich, und wenn ich mit meinem Arm in die Seite des Hügels gegraben, geduldig in waagrechter Richtung weitergesucht hätte, dann hätte ich, gar nicht lang,

Arm oder Schulter eines der beiden erreicht. Sie lagen wohl genauso wie ich, einer dem anderen zugewandt, wie Kinder, die vor dem Einschlafen noch Dinge bereden für den nächsten Tag oder für alle Zeit. Und ich hörte sie reden, als sprächen sie über jemand, der zufällig vor ihnen lag, ihnen als Beispiel diente.

»Siehst du sie vor dir?« sprach der erste.

»Ich sehe sie.«

»Und? Sag mir, hat sie nicht Körper? Und will sie dich nicht? Denn wie eine Verliebte will sie dich, sie ist verliebt in dich, will deinen Körper.«

»Soll ich mich deshalb halten lassen?«

»Wenn du die Liebe über alles stellst, dann darfst du sie im einzelnen nicht von dir jagen. Hier, schau sie dir an, ist eine einzelne, die dich liebt. Und du willst allen gehören, windest dich aber im einzelnen Fall heraus, weil so niemand Anspruch hat.«

»Was wäre das: Anspruch?«

»Anspruch, in dich hineinzugehen. Daß du als Beispiel dich hergibst für das, was du sagst. Denn wenn ich einen Menschen töte, wenn ich zuschlage und ihn vor mir verenden sehe, dann bin ich es, stehe mit Haut und Haar vor ihm, beraube ihn ganz, suche nach dem Leben in ihm und finde es ganz, heisch noch den kleinsten Rest, der davon in ihm wäre, wie lang ich auch suchen muß.«

»Und findest du immer?«

»Finde ihn immer.«

»Wer hat ihn dahin versteckt, so tief dahinein versteckt in die Menschen?«

»Dein Vater. Weißt du das nicht? Daß er aus seinen Augen am Anfang eines nahm, das ich war? Und mich, sein Auge, in tiefste Tiefe schweifen ließ, damit er auf den Grund des Abgrunds säh durch mich, sein Aug, das er aussandte, dort zu suchen, dort in der Dunkelheit für ihn zu sehen? Als ich zurückkam, der ich die Finsternis für ihn gesehen hatte, da war das Auge, das ich ihm gewesen war, nicht leer, mich wieder aufzunehmen. Es war ersetzt. Ein Menschenauge saß an meiner Statt im Licht. Und in das Menschenaug war eingetan: das Leben. Und in das Leben hineinversteckt: Bewußtsein, daß er lebt, der Mensch. Hineinversteckt, und doch: ich find es immer, dies Bewußtsein. In seiner grauenhaften Unschuld straf ich es. Denn es gibt vor, es wisse nicht von mir, nicht von der Stelle, aus der es mich verdrängt hat. Bewußtlos ist es deshalb, dies Bewußtsein. Ich will es darin nur bestärken und schlag es tot, wo ich es finden kann.

»Was hättest du an einem Menschenleben, das du bewußtlos schlägst? Du nimmst nicht daran zu.«

»Wieder willst du aufs allgemeine. Aber ins einzelne, ins besondere mußt du. Da fehlt dir der Mut, mir zu widersprechen. Widersetz dich im einzelnen, wenn du der bist, der du sagst. Denn ich sage dir: Sie rufen nach dir im einzelnen, einzelne sinds, Lebendige, und immer allein, wenn sie rufen. Wenn du zu ihnen willst, wie ein Mensch, mußt du dich lieben lassen. Als einzelner, Lebendiger. Von einer, die ruft, dich lieben lassen. Mach sie lebendig, die Mutter deiner Kinder.«

»Die leben schon, sind die Erwachenden, die meine Kinder sind. Und ich bin Kind in ihnen.«

»Woraus erwachen die, wenn nicht aus leerer Nacht? Wie diese Frau. Die war so leer und unbeschrieben, die hat dich nie geahnt. So leer und unbeschrieben, daß ich ihr beim Wasserschöpfen das meine einschrieb von innen her, bevor ich sie in Stücke riß. Sie trug sich mit Gedanken an Gesichte, da hab ich ihr im Wasser das meine gezeigt, sie in den Tod getrieben. Die wacht dir nicht mehr auf. Du hättest Angst vor ihr. Du redest von Erwachenden. Die Zahl der Unerwachten, Toten, die ist wohl weitaus größer. Wenn du von wirklichem Erwachen reden willst, dann halt dich an die Körper, die unerwacht, verschleudert und im Dunkeln liegen. An diesen sollst du dich versuchen. Und mir beweisen, daß du dir wirklich Kinder zeugen kannst, Erwachende. Auch nicht den Frauenkörper scheust, aus Angst, er könnt dir andere gebären, dieser Körper. Hast du denn Angst, du könntest dich vermehren?«

»Vermehren soll sie. Und zeugen, zeugen soll sie. Und andere gemahnen, daß du sie aus dem Tod getrieben wünschtest, dich zu erinnern, und die Erinnerin dir wecken ließt. Ich will verwandeln, was du zu mir führst, und tauschen, was du täuschst, und will erinnern, wo zerstreut wurde von dir.«

So hörte ich die Stimmen reden und war starr vor Angst. Denn beim Lauschen kam mir, sie sprächen über mich.

Ihre Rede ging aber, als sei alles, auch ich, schon vergangen. Die So-Besprochene bereits geschehen. Und ging dennoch mit Leidenschaft über mich, die Geschehene, als könnte ich eben dadurch zurückgeführt und fürs Neue gerettet werden. Hörst du mich, Thomas? Machtlos war ich wie du, in die Schale des Hügels getaucht, lauschend wie du, mit verschlossenen Augen wie du. Wie der Junge im Tuch jenes Zelts, das ich über ihm ließ. Wie das Sandtuch, das sich über den Hügel legte im Wind und verbarg, wo ich lag und die Stimmen hörte. Als sei ich nie dagewesen, hätte sie nie gehört. Als seien zwei nie zusammengekommen, solches zu reden jenseits des Kamms.

– Machtlos wie ich, sagst du, Tirza. Dann begännen wir beide hier. Hätten das eine gemeinsam.

– Mit allen gemeinsam. Wir alle beginnen hier. Die, die beginnen, erinnern die Machtlosigkeit, wo sie begannen.

20

– Aber führst du mich noch, wie dus versprachst?

– Versprach ichs dir?

– Mit mir zu gehen, ihn mir zu zeigen, wo du ihn hast, Jesus, den Herrn. Manchmal, beim Rundgang, da ist mir, als hätte nicht ich dich zum Tempel geführt, indem ich mich irrte im Gassengewirr auf der Flucht vor den anderen. Sondern als seist du schon immer vorausgegangen. Hättest den Tempel gewählt, weil du ihn hier hast, hier im Tempel versteckt, seinen Körper, hier, wo ihn niemand sucht. Gehen wir im Kreis um sein Versteck?

– Du läßt dich nicht führen.

– Ich will sehen.

– Dann sieh mich an, hier, diesen Punkt, wo wir Gemeinsames fanden, die Machtlosigkeit. Du aber willst weiter. Willst das Gemeinsame, durch das einzig Erinnerung kommt, vergessen. Du willst keine Wahrheit.

– Du zeigst sie mir nicht.

– Die ich offen vor dich lege, die willst du nicht, die siehst du nicht. Ganz wie der Folterer, der, was er aus mir zog, nicht sehen wollte. Denn ihn erschrak, ihn quälte, was ich am dritten Tag für ihn erinnerte. Da ließ er mich gehen.

– Nicht, weil sich kein Beweis erbringen ließ, daß du den Leichnam aus dem Grab gestohlen hattest?

– Was ich dem Folterer gab, das wollt er nicht gefordert haben. Und was ich für ihn sah, wollt er nicht sehen. Denn die Erinnerung, die ich sprach, die war ihm Folter.

– Woran hast du erinnert?

– An das, was offen vor dir liegt, du willst es nicht.

– Ich wills. Anders als er. Denn ich werde dich nicht gehen lassen, wie er dich gehen ließ. Dich geb ich nicht frei, bis du gegeben hast. Vor der Erinnerung hab ich keine Angst.

– Du siehst nicht, die du fürchten solltest, die Wahrheit. An die erinner ich. Ich muß sie deshalb wenden, sich langsam wenden lassen. Damit du fast siehst. Und dann verschließen. Dann wirst du sie ergänzen und erkennen.

– Dann laß mich fragen: Sahst du ihn, den Bräutigam, am nächsten Tag, und kam er zu dir, wie versprochen?

– Wir sahen ihn am dritten Tag nach der Neuung, als er die Flußbahn schon morgenwärts querte, und liefen ihm zu, empfingen ihn, feierten unser Treffen den ganzen Tag.

– Und? Hat er dich wiedererkannt?

– Er wurde zu mir geführt, aber ...

– Aber?

– Seine Augen gingen voraus, ungeführt, waren längst bei mir.

– Also erkannt. Und den Stein?

– Du erinnerst die Kleinigkeit, das ist gut.

– Erinnerte er?

– Als ich ihm vom Versteckspiel der Kinder erzählte, da nahm er den Stein, als hätte er ihn erkannt. Das aber mir zuliebe.

Am Abend dann, als sie berieten, wo am besten mit allen überzusetzen sei, gingen meine Schwester und ich mit zwei anderen Frauen wieder zum Jordan, Wasser zu holen. Der Fluß war nicht weit entfernt, nur eine Düne zwischen Nachtlager und Uferlauf. Als wir auf dem Kamm der Düne hielten, noch Licht auf unserer Stirn, lag das Wasser des Jordan schon im Dunkeln. Wir trennten uns, ganz ohne Absicht, denn unten am Wasser stand Schilf und anderes Gebüsch und machte die Stelle, die am nächsten gelegen wäre, unzugänglich. Die Frauen gingen stromaufwärts, ich stieg mit meiner Schwester abwärts an eine kleine Bucht, die freilag. Mit unseren Krügen schritten wir bis zu den Knien ins Wasser und tauchten sie ein. Ich füllte das Gefäß und wusch es aus. Das Ausgießen des Wassers aber übertönte den Schritt dessen, der sich mir näherte.

Plötzlich fühlte ich etwas tumb gegen meine Fessel schlagen. Ich sah hinab, erkannte in der Strömung den hellen Krug der Schwester. Flußaufwärts sah ich sie ans Ufer fliehen. Von wem verfolgt?

Und da, mich wendend, sah ich einen Mann, der hinter mir schon wartete. Der mich ergriff, ans Ufer zerrte. Ich wehrte mich, da stieß er mir den Kopf ins Wasser und hielt mich unten, bis mir die Luft ausging.

Als ich am Ufer zu mir kam, saß er auf mir. Ich schrie. Ich schrie den Namen dessen, dem ich versprochen war. Da reckte er, mit Knien meine Arme niederhaltend, sich hinter meinen Kopf, so weit ausholend, daß mir schwindlig wurde. Für einen Augenblick war es, als trieben wir im Wasser noch. Als reckte er sich mit der Hand zu einem Ast am Ufer, um sich damit an Land zu ziehen und sich zu retten. Als würd ich jetzt der Strömung überlassen, liegend so weitertreiben.

Der Mann aber griff dort, wohin er sich gereckt, nach einem großen Stein, den er mit beiden Händen hob und rückwärts brachte über mich, so daß ich sah, er würde mich nicht liegen lassen, sondern schlagen.

Mit seinem Stein schlug er hinab in meinen Schrei. Hob auf den Stein. Und nochmals hieb hinab. Und nochmals hob er auf. Und abermals hinab. Und schlug mich damit tot.

Dann auf die Brust hat er gelegt sein Ohr und eingelauscht, ob nicht mein Herz noch schlüge. Denn sonst war alles still, mein Körper still. Ich sah ihn knien, ich war aus meinem Körper, ich sah den Mann vier Ellen unter mir. Ich sah ihn, wie er in mir grub, mit seinen Händen an mir riß, als hätte er etwas versteckt und sei gekommen, sichs zu holen. Er schloß mir nicht die Augen, sondern hielt meinen Kopf an den Haaren her, zu sich gekehrt, daß ihn die toten Augen bei seiner Arbeit sähen. Und zwang sich ein in einen Körper, auf den ich reglos niederblickte. Ich aber wußte nicht, warum ich sah, noch immer sehen konnte. Warum ich sehen mußte, was er mir tat.

Denn der hier unter mir so zu mir kam, der kannte nicht, die er gemordet hatte. Und doch, es war noch Leben in mir. Wie in dem Krug, den ich zum Fluß hintrug und den ich, als mich der Töter griff, im Fluß versinken ließ, noch Wasser war, so war noch Leben in mir. Wie unter Wasser dieser Krug unbrauchbar war, als könne nie mehr Wasser aus ihm kommen, so war ich wie versunken, glich dem vergessenen am Boden jenes Flusses. Die Wandung meines Krugs war unnütz dort, denn er konnt nichts mehr halten, und war doch noch vom Wasser, das in ihm, aus ihm strömte, umflossen, übervoll.

21

Ich starb erst, als der Mann, ganz außer Atem, plötzlich nach oben sah. Auf mich. Als wüßt er, daß ich nicht mehr unter ihm, nicht mehr im Körper war. Als wüßt er, was danach geschieht. Als wüßt er, von woher ich auf ihn sah. Und seine Fratze starrte in mich, als seis ein Dämon, der mich sieht. Er ließ den haargehaltnen Kopf aus seiner Hand und hob die Augen schief zu mir nach oben, als wollte er mir zeigen, wie man es tut, wie man sich sinnlos stürzt ins Tote, wie man im Toten wühlt, als suche man nach Licht, als gält es, Schächte hier im wertlos-toten Körper noch zu reißen, als sei nach einem Schatz zu graben hier im roten, toten Stoff, als sei das Weichen auch der Wärme des Körpers ein Zeichen auf die Richtung, in die man dringen müßte, endlich zu finden, endlich das Irren, Irrsal des Töters zu beenden.

Es war wie eine schamlos große Klage, daß er, sich seines Zuschauers bewußt, den toten Körper noch beschimpfte, daß er nicht das enthielt, wonach er suchte, daß ers verschwendet hatte, dieser Körper, in den er sich hineingebrochen, in den man ihn hineingeschickt.

Denn jetzt wars mir, als hätt ihn, der hier unten saß und den mein Auge ungebrochen sah, jemand gesandt. Es war sein Aufsehn, das mich weitersterben ließ, sein zweites Mich-Erkennen, als kennt er mich, als sei mir kein Entkommen von ihm, den man hierher gesandt. Als sei sein Auftrag, mich zu strafen, weil er nicht in mir fand, wonach er suchte. Es war sein Aufsehn, das mich weitersterben ließ. Sein Aug, das die Verfolgung aufnahm und nicht von mir, nicht von der Toten und nicht vom Töten ließ.

Wie lange hätt ich sonst gelebt? Vielleicht über dem Körper, der da lag, noch länger ruhend ausgehalten, sie überdacht, die Frau, die jung gestorben war?

Aber sein Aufsehn, sein Hinaufsehen, weil er schon immer wußte, wo ich war, wo ich auch wäre, wenn der Körper reglos wäre, sein Aufsehn sprengte mich. Es riß sein Blick mein Augenschild und fuhr in die hinein, die nach mir war, die noch ich war, von unten her. Und stieß mich hoch in einen dunklen und unermeßlich tiefen Raum, der immer schon, nur eine Handbreit über mir, gewartet hatte.

Da kam durch diesen Raum ein großes Rad, kam auf mich zu. Das Rad schliff sich beim Wälzen durch die Nacht, und Licht, das sich von obenher auf die geschliffenen Kanten warf und suchte, wo sich das Rad verkantete und Ründe brach, stieb klirrend über jeden neuen Grat, lichtsplitternd an den hellen Schärfen. Jetzt sah ich, daß es nur seiner Bewegung nach ein Rad, im ganzen doch ein Kasten war, achtkant, in Länge, Höhe, Breite achthundert Ellen, der sich geschliffen-kantig vorwärts wälzte, von einer Kraft getrieben. Die richtete den Kasten auf, bis er hinstürzte und alles, was oben auf dem Quader lag, abkippte, im Sturz zermalmte. Und dann von neuem, ächzend, sich aufrichtete und ragte und wieder malmend vorwärtsbrach auf alles, was dort lag. Denn ich erkannte Menschen auf jenen aufgehobenen Flächen, Menschen, die sich, wenn sich der Kasten hob, zu jener höchsten Kante ziehen wollten, um sie zu überklimmen, bevor die Seite niederbrach und alle mit sich riß. Und wer von diesen Menschen die schärfste Kante nicht zu greifen, nicht sich darüberweg zu ziehen wußte, der war hinabgestürzt, zermalmt mit allem, was vom Fall der Seite ausgepreßt, zernichtet wurde.

So stürzte über mich der Kasten und beugte mich zerschmetternd unter sich, zersprengte mich in Teile.

Auch hierhin drang das Auge noch von meinem Töter. Drang hin bis unters Malmen jenes Kastens. Sein Auge kam den hinzerrissenen Teilen in diese Nachtwelt nach, in diese Endwelt, wo nur der Gang des Kastens dröhnte, auf dem nicht Überleben war, bis daß das Schreien auch der letzten noch, die sich nicht retten konnten, ausgestampft, nicht mehr zu hören war.

Und mit dem Hin- und Überschlag des Riesenkastens aufs letzte Leben brach auch der Raum, war nicht mehr Raum. Ich war mir noch der Zeit bewußt, nur nicht mehr eines Raums. Ich fühlte nur das Hinrinnen der Zeit. Bis, mit erneutem Überschlag des Kastens, das Niederkrachende die Zeit mitzog und alle Zeit ertötete, die Lungen ausriß aller Zeit, kein Atmen mehr, kein Puls, nur um die Leiche Zeit jetzt wieder: Raum, zurückgezuckt aus seinem Nichtmehrsein, der tote, zeitberaubte Raum, der sich, da keine Zeit mehr war, wie tot erstreckte, hingestreckt, wie tot betretbar, fühlbar war, die Atemnot in all dem Raum unendlich machte: denn für das Atmen fehlte Zeit. Die Zeit, die aber wieder, mit nächstem Überschlag des Kastens, die Bilder allen Raums verschlang, hinschlug auf allen Raum und wieder war, nur ohne Raum, ins Nichts sich sinnlos hinergoß und mich hintüberkippte, hinab mich mit dem Kopf nach unten stürzte, mich, das heißt jenen letzten Teil, den noch das Auge meines Töters sah.

Denn plötzlich war es wieder Raum, in den ich zeitlos fiel, ein Niemand, unwert, ungefunden. Denn in mir war doch nicht gefunden worden, wonach er suchte, dieser Töter. Ich fiel, fiel haltlos tief in eine Tiefe ohne Lot. Da rief ich nach den Meinen. Ich rief den Namen meines Vaters, meiner Mutter, den meiner Schwester, meines versprochnen Mannes, die Namen allvertrauter Dinge, den Namen selbst des Steins, den ich ihm aufgehoben wiedergab.

Und keine Antwort.

Da schrie ich nach dem Auge, das mich verfolgt, durchbohrt, getötet hatte.

Und keines sah auf mich zurück.

Ich schrie in diese Einsamkeit nach meinem Mörder, schrie: »Hier! Hierher! Laß nicht dein Auge von mir!«

Da wurden vom Schrei zerrissen Hüllen und Verhängnisse umher, die die Gerufenen aber nicht enthielten. Auch nicht den Töter. Auch nicht sein Auge. Nur leere Kastenwand war hinter diesen Hüllen, und in den leeren Kastenlöchern sah ich die Buchstaben der ausgerufenen Namen vor meinem Schrei zerstäuben. Die Menschen, jene Engvertrauten, die ich im Fallen noch mit Namen rief, sie waren Eingebilde, die nicht waren, die nie gewesen waren, die einer in mich eingesetzt, die einer in mich eingerenkt, die einer, sich in mir einrichtend, in mich hineingemalt, so daß ich glaubte, auswärtig wahr zu kennen, was man mir innen heimlich eingeschrieben hatte. Betrug, das Wahre. Sie waren aufgemalt, die lieben Namen, sie waren eingedruckt. Die Staben ausgeblasen, Staub.

Und auch die Stimme, die also Staub gerufen hatte, verlor sich, war hinabgestürzt.

Da schoß ein Schmerz, unendlich tief, ins letzte Teil, das mich noch wußte, daß alles nur erfunden war, die Welt ein Schein, die Namen Schein des Scheins, ein Spielzeug ich, sinnlos bemalt, sinnlos zertrümmert, weggeworfen. Zerstäubt mit jenem Namen war es, mein eitles Ich-bin-ich, mein Ich-war-doch-gewesen, mein letztes War-für-DICH.

Mein Wort war nicht erhört, blieb ungehört von einem der sich nicht zeigte, sich auch dem Weggeworfenen nicht zu erkennen gab. Warum auch? War vielleicht doch nichts und vielleicht niemand, der hier weggeworfen hätte. War doch kein Werfer, Worfler, der mich ausgesondert, abgesondert hätte. Und war auch ER sich selbst, der mich geworfen hätte, nie Name, nie noch auch Kraft, die diesen Namen trug, gewesen, war nie gewesen.

ER wär wie ich. ER war wie ich dann.

Niemand.

Was sich gefunden hatte, das schien die Zeitlang. Schien Zeitlang ich. War, als es auseinanderstob, nicht mehr. Es war, was sich gefunden, nicht mehr, und niemand mehr, der fand, und niemand, der gefunden, der je gefunden hätte. Auch Finden gab es nicht, es gab nichts mehr, es war nur eine Zeitlang so gewesen, als hätt es Zeit und auch den Raum für diese Zeit gegeben, dann tat sich das, was schien, tot auseinander, und niemand wußte mehr, was war, noch was gewesen, und zeitlos, raumlos harrte alles still.

22

Wie lange?

Niemand kam. Niemand. Aber in der Nacht muß einer gelesen haben, durch die Nacht muß einer geeilt sein, nachzulesen, aufzulesen das Hingeworfene, ins Stillsein und Nichtsein Zerstreute hinaufzulesen in eine Hand. *Die* wars, die Hand, die mich griff. Wie Mörderhand war sie, mordend den Tod, riß mich nach vorn, mit größerem Schmerz als der Tod, riß mich einlesend in eins, das sich packen ließ, führen ließ von der Hand, die holte. Denn sie war Stimme. Die sprach: »Steh auf!«

Aber weißt du, wie sie war, daß sie verstanden wurde und gehört? Wie konnt sie denn verstanden sein im weitverstreuten Ausvergessenen, in dem die Namen nichts mehr galten, in dem sich keine Namen rufen ließen, weils die, die hinter diesen Namen hätten warten sollen, nie gab? Denn da sie nur inwendig in mich hineingeschrieben waren, wenn auch auf jeden Teil, in den ich hinzerrissen wurde, so fehlte ihnen außen alles Wahre. Was draußen und mit ausgestreckter Hand erwartet wurde: das gab es nicht. Wie also jene Stimme? Und Hand, die Stimme war und die mich holte?

Die Hand rief: »Du, steh auf!« Sie rief, daß diesem Namen aus allen weitverstreuten, hinvergeßnen Teilen eines gehörte, das sich nicht rauben ließ im Raub, eines gehörte, das in der Schwärze aller Ausvergessenheit ihm noch zu sehen war, so daß er lesen konnte, es hin einsammeln konnte, zu sich, in seine Stimmenhand. Bis daß es ausgesprochen werden konnte im Namen, in seiner Stimme, die alle Namen schafft mit Hand. Der Namennamer las mich aus weitverstreuter Ausvergessenheit zusammen und rief mich, daß es aus dem Nichtraum brach wie Zeit, raumschaffende, die sich dahinzielt, stufentief und längs der Wände Streifen zieht, ein Wellenband aus raumhoch ausgehauenem Stein, in dem die Welt wohnt, Himmel, Meere, darinnen das Getier sich lebend türmt und aufschießt aufs Gestade, mit Gischt sich sprengt aufs Trockne und unter Bäumen, Gräsern, sich Schatten sucht vor einem Licht, das jetzt, wie ewig her, als hätt es ewig hier gewartet, in dieser uns gehauenen Steinbucht, in dieser Weltenhöhle, den Menschen fängt mit seinem Strahlennetz und damit einbegrenzt vor allem Dunkel, das um uns, als Erinnerung, noch taucht und das wir Menschen, wie erinnernd, aus jenem Lichtnetz auszubrechen suchend, wie todessüchtig ab und zu betauchen.

Und als ich hergezogen wurde, ins Leben wieder, von seiner Hand, den Netzen seiner Stimme, da stoben um mich Bilderfunken von abgelegten Bildern. Als hätten solche Bilder im Grab um mich gestanden, gleich starren Götzen des Vergangenen, wachend-drohend. Als rieben sich die Netze im Ziehen noch am starren Längstvergangenen, das mich umstand, und brächen

Bilderfunkenstaub aus meiner starr verschlossenen Vergangenheit.

Es waren Bilder, aufleuchtend, von dem Begräbnis, das sie mir gegeben hatten, und Bilder aus dem Zeitgerinsel nach dem Mord. Das Netz, das mich jetzt zog, streifte die Schwester, die zu den Hingelagerten gestoßen, die hingestürzt, die kaum zu hören war, die weinte, die meinen Namen schrie, die deutete: durch jenen Hügel durch, daß andere hinüberrannten. Und meinen Mörder nicht mehr fanden. Nur noch die Spuren seines Tuns und meinen Körper.

Ich sah den Bräutigam, ich sah ihn reißen durch die, die mich umstanden. Sah ihn gehalten werden, bevor er mich berühren konnte. Sah ihn zusammenbrechen. Da bäumte er sich auf, riß durch die Hände, die ihn hielten, und kam mit seiner Hand, die Tote zu umarmen, wie er es nie getan. Und kommt nicht hin.

Ich sah die Höhle dort am Fluß, wohin sie meinen Leichnam trugen. Ich sah die Stelle, die der Vater fand, die Bucht in einer Seite jener Höhle. Sah Steine aufgetürmt vor dem verhüllten Körper. Sah manchen Funken, der sich schlug, als Schwester, Mutter, Bräutigam die Steine setzten. Und sah die Bucht sich schließen. Die Klagestimmen sich entfernen. Die Seite zugemauert. Durch die brach nun sein Netz, und ich in ihm, das letzte Bild im ersten streifend.

– Du sprichst von meinem Meister? Von seiner Hand, die dich gezogen hätte?

– Denn meine Hand war schon bei ihm, in seiner. Mein Arm, mein rechter, nachgezogen, langsam, bis ich stand.

Es war ganz still.

Ich spüre eine Hand mir über Stirn und Augen streichen. Dann Stille.

Ich fühle zwei Hände, die über meine Ohren um meinen Kopf sich schließen. Gleichwie um ein Gefäß, es pressend, wärmend.

Die Hände lassen los.

Ich hör ein Rieseln, Staub und Sand vom Körper fallen.

Dann kommen seine Finger, die mir die Lippen öffnen, langsam. Die in den Mund eindringen, bitter. Die sich die Zunge greifen und auf sie tappen, schlagen.

Ich würge, reiße Luft in meine Lungen, daß es schmerzt, der ganze Körper schreit, und in die trocknen, noch geschloßnen Augen schießt Wasser.

Da öffnen, von Tränen aufgestoßen, sich meine Augen. Und sehen nicht. Ich sehe nicht. Ich höre eine

Stimme, die mir den Namen wiedergibt, die Tirza ruft. Da seh ich ihn, der rief und vor mir steht, seh sein Gesicht und seh in seine Augen ...

– Warum sprichst du nicht weiter?

– Die Augen.

– Ja?

– Nicht fast, nicht aus Entfernung sah ich sie. Das eine Mal. Ich sah ...

– Sag schon.

– Ich sah sie nah. Sah, daß sie weinten.

– Warum hätt er geweint?

– Ich weiß es nicht. Sein Körper war erschöpft und schmutz- und blutverschmiert seine Gewänder. Die Haut der Hände aufgerissen von der Arbeit. Er ging die ersten Schritte noch gebückt, die Schultern nakkenhin gezogen, als sei ihm kalt.

– Was tat er?

– Er legte sich an eine Feuerstelle in der Höhle. Denn draußen war noch Nacht. Das Feuer war längst ausgegangen und Glut kaum mehr vorhanden. Da fror ihn immer mehr, daß es ihn schüttelte, als sei er fiebrig. Es ging ganz rasch, das Fieber stieg schnell an. Er lag am Boden, völlig kraftlos, der Schweiß sog sich in seinen Kleidern fest. Ich kniete neben ihn, da hör ich ihn: »Wach über mir!« Und will schon sagen: Wie? Wie willst du, daß ich über dem wache, der mich erweckt hat? Woher hätt ich die Macht? Ich bin doch ...

– ... machtlos. Da ist es wieder: machtlos.

– So scheint es. Du hast recht. Denn wenn der machtlos ist, der dich vom Tod erwecken kann, was bist du dann? Wieviel entmachteter, ohnmächtig scheinst du? Er aber sagt: »Wach über mir!«

– Und du?

– Sag ihm: »Das will ich.« Ich blas ins Feuer, fang die Funken, die letzten, sammle dazu, was brennt, daß es bald wieder Hitze wirft. Und wach darüber.

Ich seh, er friert. Sein Atem ist dabei ganz schwach. Ich geb ihm Wasser, denn ihn dürstet. Und halt die Hand auf seine Stirn, die andere auf seine Wange und rede ihm zu. Und seh ihn endlich sich beruhigen, den ganzen Körper ruhiger werden. Da schläft er schließlich ein. Ich richte mich auf, verspüre Hunger, und eß von seinem Mitgebrachten, das noch beim Feuer liegt, und trink aus seinem Krug. Erkenn das Wellenband am Rand des Krugs, den ich im Fluß verloren hatte.

23

Bis kurz vor Sonnenaufgang wache ich bei ihm. Er schlägt die Augen auf und bittet, ich möge ihm vom Brot und von dem Wasser geben. Ich gebe ihm davon, daß er zu Kräften kommt. Langsam steht er auf, fragt: »War ich bewacht?« – »Ich habe Feuer gemacht«, sag ich. Da fragt er nochmals: »War ich bewacht von dir?« Ich sage: »Wasser gab ich dir, als du durstig warst.« Er aber: »War ich bewacht?« Ich sage: »Meine Hände hab ich auf dich gelegt.« Da nickt er und kommt auf mich zu, nimmt meine Hände, führt sie an seine Stirn und dankt mir für die Wache. Dann verläßt er die Höhle. Ich lauf ihm hinterher und frage: »Wie hast du mich gefunden, Herr?« – »Ein Dämon hat mir dich gezeigt«, sagt er.

– Ein Dämon, sagte er?

– Der sagte zu ihm: »Mach sie lebendig, die Mutter deiner Kinder.«

– Und er?

– Er habe geantwortet: »Ich will dir die Erinnerin wecken.«

– Das sagte er dir? Als hätte ihm ein Dämon so befohlen?

– »Vermehren soll sie«, sagt er zum Dämon, »und zeugen, zeugen soll sie. Aus zweien den einen. Zusammenführen die Geteilten. Und andere daran gemahnen, daß du sie aus dem Tod getrieben wünschtest, vorzeitig. Dich aber zu erinnern. Denn ich verwandle, was du mir zuführst, ich tausche, was du täuschst, erinnere, wo du zerstreust.« Dann, sagt er, hat er mich geholt, die Steine, die dort lagen, abgehoben und meinen toten Leib hier angefaßt, zum Zeichen, daß ich fruchtbar sei, und mich zurückgezogen. Die Frucht soll aber den erinnern, der verdirbt und sich verdunkelt, ja der sich für das Dunkel hält dort, wo das Licht sich schränkt, und der, der Dunkle, gar nicht weiß, daß er sich die Erinnerin erwecken ließ.

– Dann war er es gewesen, den du in jener Nacht hast reden hören mit dem andern. Den du belauscht hattest. Dann wußt er, was mit dir geschehen würde. Ist es so?

– So ist es.

– Dann sprach er mit dem Mörder.

– Er tauschte, was der täuschen wollte.

– Was also glaubst du, in jener Nacht gehört zu haben?

– Ich sah auf ein Geheimnis, als ich hörte. Und wars mir nicht bewußt. Es war auch nicht »in jener Nacht«, so scheint mir jetzt. Denn solches Sprechen ist allnächtlich. Wir hören es nur nicht. Und wenn wir dennoch auf Töne solcher Rede stoßen, so lauschen wir und teilen sie in zwei, wir unterscheiden, weil wir behalten wollen, und machen zwei aus *einer* Rede. Denn wir begreifen nicht die eine Stimme. Und weil wir nicht begreifen, was sich da widerspricht in Stimmen, und doch gerade deshalb daran halten, sie deshalb auch erinnern, so sterben wir. Und werden neu.

– Dann wurdest du bestraft, weil du belauschtest?

– Ich wurde neu.

– Weil du das Unerhörte hörtest?

– Weil er mich hörte, als ich schrie.

– Wie kann das sein? Er sagte doch, ein Dämon habe ihm den Weg zu dir gezeigt.

– So hören wirs, wir unterscheiden, weil wir erinnern müssen. Erinnern müssen wir, weil wir vergessen haben.

– Was aber?

– Daß es nur *eine* Stimme gibt.

– Und diese Stimme kam von ihm?

– Durch ihn. Das wußte ich. Er aber stand am Ausgang jener Höhle und sah mich nochmals an, als sei er dankbar für die Wache. Dann wandte er sich um und ging. Ich lief ihm nach und zögerte doch einen Augenblick am Ausgang. Es war ein erstes Licht, das blendete, das über unsere Hügel kam, in Hell und Dunkel teilte das Jordantal. Als ich vom Fluß, dem hellen Spiegel, aufsah: konnt ich ihn nicht mehr finden.

24

– Was meinte er, als er dem Dämon antwortete, von der Erinnerin sprach?

– Er meinte: Die, die führt. Die das Verlorene sammelt.

– Und das wärst *du*? Indem du das Verlorene sammelst? Dem Dämon die Erinnerin? Hab ich dich recht verstanden?

– Und »die, die Menschen liest«, so sagte er.

– Und warst dus, Tirza? Bist dus?

– Verloren, aufgelesen war ich. Zusammengesammelt, erinnert von ihm. Sonst nichts. Sonst niemand.

– Aber du sagst doch: »Erinnerin«, so hätt er dich genannt.

– So. Und sag es *dir* jetzt so.

– Und warum das, wenn du es doch nicht warst?

– Damit du erinnerst.

– Du führst mich im Kreis.

– Tatsächlich.

– Du weißt, was ich meine.

– Er ließ, als erstes, sie vergessen, die Erinnerin. Er ließ sie ganz vergessen, wie und durch wen alles geschehen war. Hier war die Machtlosigkeit in Macht. Denn daß er machtlos wurde, völlig erschöpft zusammenbrach im Fieber, das war es, was mir das Leben auch als Leben wiedergab. Und heimlich, ohne daß ichs merkte. Denn woher kam der Wille?

– Der Wille, über ihm zu wachen, als er dich darum bat?

– Der. Ich weiß nicht, wie. Aber ich will. So war es. Und spür, ich hab die Kraft zu diesem Willen. Und woher war die? Denn kurz davor war ich noch willenlos. Woher kam jetzt die Kraft zu sagen: »Das will ich«, noch mehr: die Kraft zu tun, was ich wollte?

– So machtlos, wie du ihn bezeichnest, wurd er uns auch von denen beschrieben, die ihn am Kreuz gesehen hatten und uns die Bilder hinter unsere Riegel, durch Ritzen, Tür- und Fensterschlitze zu flüstern wußten: höhnend, enttäuscht. »Machtlos!« flüsterten sie, daß wirs überall hörten. »Er hat sich nicht gerührt, vollkommen machtlos war er.« Die es uns so beschrieben, die wollten den Messias sehen, verstehst du? Die wollten, wie einige von uns, daß sich ihr Glaube, Jesus sei kein Prophet, sondern der Christus selbst, bewiese. Daß er herabstiege, unsere Gegner niederzwänge, sich allen zu erkennen gäbe, sein Reich begründe, seine Herrschaft. Die sahen aber nur den Angenagelten, der machtlos sprach, kaum mehr der Sprache mächtig, so kraftlos, daß er schon nach kurzer Zeit, und ohne daß sie ihm die Beine brachen, verendete.

– Ich sage dir aber: Meine Kraft, mein Wille über ihm zu wachen, kam nur von ihm, der kraftlos, machtlos lag. Der hat sie mir gegeben. Und gab sie machtlos, damit ich ohne Bande sei und nicht vom Mächtigen gebunden.

– Wie meinst du?

– So: Wenn ich dir je dein Leben gäbe, wenn ichs dir wiedergäb nach deinem Tod, hättest dus dann?

– Dann hätt ich wieder Leben, sicher.

– Leben, das mir gehörte, denn *ich* wars, die es dir gab.

– Ich wär dir dankbar, zu Dank verpflichtet, sicher.

– Dankbar, auf immer gebunden. Auch in Undankbarkeit: gebunden. Denn wirklich wär es gar nicht deines, dieses geschenkte Leben.

– Wie würd es erst zu meinem werden?

– Du *nimmst*. Du läßt es dir nicht geben. Nur so wirds dein. Und der, der es dir geben will, der es dir wirklich geben will und gibt, der wirds dich stehlen lassen. Der wird sich machtlos stellen, damit du mächtig wirst, damit du geben, wiedergeben kannst, was dir gegeben wurde. Gegeben ohne Bande. Sonst wärs kein Leben.

– Und du? Wie weißt du, was er dich vergessen machte?

– Daß er mir gab und wie er gab?

– Das. Und nicht nur das. Denn auch die Bilder, die du erinnerst aus jener Zeit, als du nicht warst und nicht mehr warst, angeblich hingemordet, wie kannst du die erinnern?

– Hör mich doch aus, dann wirst dus mit mir wissen.

– Du bindest mich aufs Rad!

– Das Rad, das wir hier redend gehen, ist unterschlächtig. Es wird von uns getrieben, von unten her, und fördert an den Tag, was unten lag. Geh also weiter, wenn du die Sache fördern willst.

– War niemand mit ihm, als er bei dir war?

– Niemand, den ich gesehen hätte.

– Und Nacht, sagst du?

– Willst du die Stunde?

– Ich will nur wissen, warum niemand von uns bei ihm war.

– Ihr schlieft wohl.

– Du machst dich lustig über mich. Jedesmal, wenn du von mir sprichst und den andern –

– ... schläfst du. Mit manchem ist euch nur im Schlafe beizukommen. Es ist das Schlafen nach dem Schlaf und daß ihr nicht erinnert, was euch träumt, das euch das Beigekommene wieder raubt. Das find ich traurig, gar nicht lustig.

25

– Was ich dir glauben soll, geht über Träume weit hinaus.

– Du zweifelst, daß es so geschehen ist?

– »Ermordet«, »totgeschlagen«, »auferweckt«. Wo sind die Spuren an dir? Wie willst du, daß ich glaube, Tirza?

– Wie willst du, daß ich führe? Glaubst du: Wer Tote auferweckt, der heilt nicht ganz? Da, wo er Totes heilt, lebendig macht? Wo willst du Spuren sehen, Male? Wo mich berühren und wo mich finden im Berühren, und finden, was an mir geschah? Ich habe dir gegeben, was geschehen war, und ganz. Hier ist mein Mal, mein Zeichen: ganz. Und du willst wieder Teile nur, willst Spuren, Mordmale, willst Auferweckungszeichen sehen – und siehst mich nicht. Aber das willst du glauben, daß ich ihn versteckt, daß ich ihn weggetragen habe.

– So hat mans doch gesagt, und du hast selbst gestanden, daß sie dich sahen: im Grab, und das Grab: leer.

– Dann glaubst du ihm nicht, wenn er vor dir steht? Nur seinen Malen, den Spuren, die du suchst?

– Berühren muß ich ihn, damit ich sicher bin, daß es nicht eine Truggestalt, nicht eine …

– Was hast du?

– Ich war erinnert an die Einbildungen. Die, die du sahst, wie du behauptest, als du getötet warst. Die Einbildungen, die leeren Namen.

– Und?

– Daß er und seine Wunden nicht leerer Name bleiben, *deshalb* muß ich berühren, muß fassen können. Verstehst du nicht, Tirza? Du sagst, ich sähe nicht das Ganze. Nur Teile, Spuren, Male. Dann laß mich durch die Spur zum Ganzen finden. Und tief gebückt die Spuren lesen. Ich kann nicht über mich hinaus.

– Liest du denn meine, folgst du mir?

– Bis du mich zu ihm führst. Nur dort, bei ihm, kann sich bewahrheiten, was du mir sagst. Verlange nicht, daß ich dir glaube, was du mich lesen läßt. Bis daß ich vor ihm steh.

– Du stündest, wie dus sagst, auch vor ihm noch vor meiner Spur. Er wär dir auch nur Spur, dein Meister. Du mußt vielmehr vorbei, nein, durch ihn durch, hinter die Spur ihm kommen. Ja, hinter alle Schrift, das ist auch hinter das, was du an Spur von mir gelesen hast.

– Dort könnt ich ihn berühren?

– Dort ist Berührung. Mehr, ist Eingang.

– Den ich berühren kann?

– Wo du berühren kannst, da bist du nicht vorbei, nicht durch ihn durch, nicht hinter seiner Spur.

– Und du, die so redet, du konntest ihn nicht halten? Daß er dich zeigt, uns Jüngern und den Deinen?

– Ich fand ihn nicht mehr, wie ich dir schon sagte.

– Er wollte nicht, daß du ihm folgst.

– So dacht ich auch. Er will nicht, daß ich folge.

– Er wollte, daß du dich den Deinen zeigst, dich ihnen wieder anschließt.

– Das konnt ich nicht.

– Und du willst frei gewesen sein?

– War frei zu lieben. Und den hab ich geliebt. Wie hätt ich leben können, wenn nicht nah bei ihm? Wie hätt ich leben können, ohne ihn zu suchen?

– Dann warst du auch nicht frei.

– Hier, gib sie mir, die Hand. Gib her, faß an, hier, meine Stirn. Siehst du denn nicht? So war es doch: Den Staub noch hat er mir von Stirn und Aug gewischt, den Staub noch! So ungeheuer nah war er an mir, sein Stirn- und Haarberühren, verstehst du, war wie noch Teil der Hand, die mich ergriffen hatte, mich aus dem Tod gesammelt und wachgerufen hatte. So war noch alles frisch. Ich hätte nie verleugnen können, daß es so war. Wie hätte ich in die Alltäglichkeit zurückgefunden, den Alltag? Wie hätte ich stärker mich an den Bräutigam, an die Familie binden können als jetzt an ihn? Hier war er, der Versprochene. Denn der gab, was versprochen war: das unbedingte Leben. Das Leben frei.

– Das hattest du schon, bevors dir genommen wurde. Und machtlos warst du, als mans dir nahm.

– Und Leben, was war das, bevor ich starb? Wie faßten meine Hände das? Wie wach war ich und wie lebendig?

– Du hattest jeden Tag davon.

– Und jeden andern Tag. Und Tag nach jedem andern Tag. Und du? Hast du dir überlegt, was Leben war, dein Leben, wenn alles, was dir bleibt, jetzt bleibt, der Wunsch ist: Hand an ihn zu legen? Was war das dann, dein Leben? Was ist es jetzt? Und was, wenn dir das Leben den Beweis, den diese Male dir beweisen sollen, schuldig bliebe? Denn diese Frage, sagst du richtig, muß Antwort finden. Ich muß ihn sehen, sagst du, oder ich glaube nicht. Ich muß ihn greifen, fassen, tot oder auferstanden, sonst lebe ich nicht. Es wär so gut wie tot, mein Leben, sagst du dir. Du fragst: »Wo ist er? Wo hast du ihn versteckt?« Denn ohne dieses Fragen wär kein Leben. Es wär kein Warten auf die Lösung.

– Dann gibst du mir also recht?

– Und tot sind, die sich das nicht beweisen wollen, die sich vorm Feuer fürchten. Denn durch das Feuer müssen wir, müssen verbrennen. Da brennt die Flamme aus dem Schwert, das uns das Paradies verwehrt. Denn du hat recht: Auf diesem Sehen, dem Fassen seiner Male müssen wir bestehen. Nur ist das Tauchen in die Spur nicht schon das Ziel. Dahinter mußt du, in sie hinein, durch sie hindurch. Hinter die Schrift, mit der sie schreibt, nicht in den Staben hängenbleiben.

– Warum fand man dich dann im offenen Grab, wenn du die Spuren so verachtest und sagst, dahinter läge es? Du warst im Grab des Leichnams wegen und zu verwischen jede Spur, die du und deine Helfer hinterließen, oder nicht?

– Es stand noch offen, als ich hinkam.

– Das Grab?

– Es war noch leer.

– War leer?

26

– Neun Tage habe ich gesucht, bin seiner Spur gefolgt. Jenseits des Jordans bis nach Bethanien, wo ich den Fluß überquerte und bis nach Jericho gekommen war.

Der, den ich suchte, der sei schon durch, hinaufgezogen mit den Seinen, sagte man, zum Passah nach Jerusalem. Da ging ich durch die Wüste, verlor den Weg und fand erst Tage später, als ich auf andere stieß, die auch hinauf zum Passah zogen, hierher.

Es war am Tag des Frühlingsvollmonds, als ich die Stadt betrat, war Rüsttag. Überall auf den Straßen, durch die sich die Festpilger drängten, suchte ich nach ihm. »Sie sucht nach ihrem Liebsten«, lachten manche, »entkleidet sie!« Andere fragten mich: »Welchen suchst du? Jesus Barrabas oder Jesus von Nazareth?« und liefen dann weiter. Andere wiesen mir eine Gasse und wandten sich ab. Schließlich fand ich welche, die auch zum Nazarener wollten. Man sah, daß ich die Stadt nicht kannte und zog mich mit, »denn wir kennen den, den du meinst, man kennt ihn hier sehr gut«, und blickten mich immer wieder an, prüfend.

Da kamen wir, beim Schall der Posaunen, durch eines der Tore im Westen. Die sinkende Sonne ließ mich nicht sehen, als meine Begleiter hielten, mir deuteten:

»Dorthin! Nun geh! Der, den du suchst, der breitet schon die Arme nach dir aus.«

Ich schirmte die Augen vor der Sonne, sah einen Hügel, schattenschwarz, und darauf schattenschwarz ein Richtholz, an dem, wie die Schrift sagt, der hängt, den Gott verflucht. Und schattenschwarz hing dort auch einer, ich sah nicht weiter hin. Die, die mich hergeführt, die sahen mich an und schrieen, als sich bestätigte, daß ich nichts wußte und immer noch nichts ahnte. Und ich verstand ihr Lachen nicht, ging hin, um ihn zu suchen unter denen, die um den Hügel standen.

– Du hast ihn nicht erkannt?

– Er war im Schatten. Nur sah ich, als ich hinschritt, vom Stadttor auf den Hügel zu, daß sich der Richtpfahl teilte.

– Sich teilte?

– Sich teilte, zwiefach. Ich sah, daß hinterm ersten Pfahl zwei weitere sich im Raum verbargen, der Hügel drei Gehängte an Pfählen sehen ließ.

– Und hast ihn nicht erkannt unter den dreien?

– Ich fand ihn nicht, suchte ihn dort ja nicht. Ich sah zwei Frauen, die im Hügelschatten standen, bei anderen. Auf die wurd ich als erste aufmerksam, als sie im

Schatten sich durch das Entzünden ihrer Lampen von den Umstehenden schieden, die Lampen aus dem Schatten trugen, das Licht mit ihren Händen schützend, und durch die Stillestehenden gingen. Ich sah sie seitwärts in einen Garten treten, der nah beim Hügel auslief und ihn wohl einst umschloß. Vorbei an abgeschlagenem, hingestürztem Stein verlief ihr Weg bis an die alte Steinbruchwand, die um den Garten ragt. Und sah dort eingehauen auch, wonach du fragst, das Grab: noch offen.

Die Frauen stiegen mit dem Licht hinab, verschwanden in der Gruft und kamen wieder. Sie gingen auf mich zu, denn ich war ihnen bis dorthin gefolgt. Ich rief und fragte sie, wo Jesus sei. Die eine sagte: »Warum verhöhnst du unsern Herrn?« und kreuzte dicht vor mir den Weg. Sie hielten aber, wenig später, ohne sich umzudrehen, als hätt ich ihnen nachgerufen und so befohlen: »Steht!« Da sah ich einen Römer, vor dem sie ausgewichen waren, als wüßten sie nicht, was zu erwarten sei von dem. Ohne sie zu beachten, schritt er an ihnen vorbei zum Hügel. Eine der Frauen wandte kurz darauf ihr Gesicht zu mir. Aber nicht, mich wiederzusehen, sondern *nicht* zu sehen.

Ich blickte auf und sah den Römer die Lanzenspitze in den Brustkorb eines Gekreuzigten stoßen. Da erkannte ich das Gesicht des Toten, der mich am Jordan lebendig gemacht.

Ich fiel. Es war, wie du gesagt hast: Gebunden war ich, ohne Freiheit, als ich das sah. Denn ich verstand nicht, was ich sah. Ich konnte nicht verstehen. Es war, als risse man das Leben wieder aus mir. Denn wirklich: mir gehört es nicht, es gehörte ihm. Nein, mehr: Ich wollt es nicht, dies Leben, dacht ich. Und dachte: War ich nur da, zu sehen, daß er zerschlagen war?

Denn ich war Auge eines, ders so sehen wollte, fühlt ich. Und war noch immer tot. Nur um zu sehen, daß sein Netz zerrissen war, war ich das Auge. Und wessen Auge dann? Das Auge Gottes? Dem jener Tote ein Prophet gewesen war? Daß Gott sich rächen wollte, war es so gewesen? Am »falschen Propheten« nämlich, wie ihn in Jericho einige nannten, als ich ihn suchte? Und warum nahm ER mich zum Auge, der alles sieht? Wer war hier vor mir Aug für ihn gewesen, und wer sah vor mir, damit ER alles sah? Wen hatte ER ersetzt durch mich, damit ich sähe statt des andern? Wer rächt sich, daß ich solches sehen mußte? Der Andere? Der Dämon, der mich ihm gezeigt? Und der sich rächte, weil ich gelauscht hatte, erinnerte?

Ich war wie irr an solchen Fragen. Es war, als habe Gott mich in ein Bild gestellt, ein Rätsel: Am Kreuz auf jenem Hügel hängt, der dir das Leben gab. Was soll dir das bedeuten? Wie handelst du? Hast du das Leben von ihm, lebst du? Hast du es an ihm nur, gebunden an ihn, und bist du tot mit ihm? Gibt es ein drittes? Ich wußte keine Antwort. Es war die Angst jetzt übergroß, zurückzufallen, das Leben wieder zu verlieren. Denn woher hätte ich die Kraft, mich hier zu halten?

Ich lag am Boden, wollte aufstehen, zu jenen gehen, die das Kreuz umstanden. Man würde mich nicht zu ihm lassen, mich nicht berühren lassen, so wie ich ihn berührte, als er sprach: »Wach über mir!« Man würde mich halten, so wie man meinen Bräutigam gehalten hatte, als ich erschlagen lag. Denn die mich sahen, glaubten, ich höhnte sie. Ich mußte zu ihm, war bei ihm oder nirgendwo in dieser Welt, in die er mich zurückgerufen, in der ich ohne ihn nicht überleben konnte, nicht leben wollte. Ich wußte keine Antwort. Es war, als läg ich hier zu Boden, um zu erwachen, ans Flußufer gezerrt, den Töter über mir, ihn ausholen zu sehen ...

Da fuhr ich hoch. Halb aufgerichtet sah ich am Ende der Treppe zur Gruft: ein Licht, jenseits der Schwelle im Dunkeln. Da wußt ichs.

– Was wußtest du?

– Wußte, wohin.

27

– Du gingst ins Grab, noch als es leer war?

– Ich stieg hinab. Als gält es, den Gedanken vor anderen zu verstecken. Als könnt man ihn mir rauben.

– Welchen Gedanken? Sei genau.

– Wußt ich ihn schon? Und doch war es, als hätte etwas in mir gewußt, wie ich hier handeln müßte. Wollt ich das Grab sehen? Die Kammer, in die man ihn tragen, die Stelle, wo man ihn hinlegen würde? Wollt ich die Stelle dort mit meiner Hand berühren, im Staub den Abdruck meiner Hände lassen, wo er zu liegen käme? Als läg er mir auf Händen? Sah ich es so? Noch vor den ersten Schritten, da sah ichs so. Ich sah den Staub, mit dem ich mein Gesicht mir dunkel färben wollte, auch inwendig, ihn kauend, diesen Staub.

– Warum? Das ist doch lächerlich.

– Dein Lachen hab ich nicht gehört, mein Freund, wo warst du? Du fragst, warum? Weil er verstreut sein würde unter diesen Staub, weil dieser Staub ihm wie ein Freund den Rücken hielte, ihm bliebe, wo ihn jeder doch verließ. Ist das vernünftig? Lächerlich? Ist das vernünftig: daß er sein würde wie dieser Staub, sein Körper sich hinabsenkend in ihn, zu Staub verfallend, schon in Tagen? Und das dann lächerlich: den Staub in dir zu haben, der ihm auf ewig näher wär als du? Um ihm so nah zu sein. Sag mir, wie die Vernunft hier urteilt.

– So jedenfalls hast du gedacht. Was soll mein Urteil. Wie aber hast du gehandelt?

– Die Felsflanke, an die meine Finger rührten, als ich die ersten Stufen hinabstieg, die war noch warm vom Tag. Ich hielt, war mir unsicher, ob ich nicht schon entdeckt wär. Ich sah zurück zum Hügel: wie sie mit Zangen versuchten, die Füße des Toten vom Holz zu befreien. Und hörte das Klageschreien der Frauen, als ich weiterging, spürte, wie der Stein, an dem ich niederstieg, rasch kühler wurde.

Ich stand vor dem Eingang und bückte mich hinein: sah niemand. Da trat ich hin über die Schwelle, stand in der Gruft.

Als sei ich nicht hinab, als sei ich hochgestiegen, befänd mich noch in jenem Baum, so fand ich mich im Dunkeln. Ich wagte nicht, die Lampe aufzuheben, ich ging an ihr vorbei und war im Schatten, den ich an die Wände warf, verloren. Im Zögern jenes Schattens, in seinem Flackern, Bauschen, Ducken über die unebene Landschaft der Wände hin, war er, wie einst das Innere des Baums, belebt. Auch hört ich etwas um mich schließen und schleifend sich mir nähern, von hinter mir, daß ich mich wandte, wie verirrt. Doch ich sah nichts und war davon nur weitergedrängt, ging tiefer in die Gruft. Der wirre Schatten schwand, als ich mich ganz zu ihm hinschlug, ganz an die Wand mich preßte.

So fand ich jene zweite Kammer im hinteren Teil des Grabs. Ohne zurückzusehen, stieg ich hinein. Da leuchtete – daß ich erschrak, mich festhielt – ein zweites Licht, von rechter Hand. Ich sah die mandelförmig lichte Flamme am Docht der Lampe zehren. Die flakkerte am Rande einer Steinbank, hüfthoch, daß ich durch ihren Schein den Staub noch fallen sah, den meine Finger von der Wand geschlagen hatten. Die Kammer selbst war eng, alles von gleichem Maß, vier Ellen eng. Als gält es hier, die Lebenden eng an den Toten hinzupressen, an den Geliebten, den sie hertragen würden. Als wären beide Teile in solche Enge nur geführt, sie daran zu erinnern, daß Trennung beider Teil gewesen war, schon vor dem Tod.

Ich trat hin vor die Bank. Ein niederes Bogendach zog sich im Stein über sie hin. Da sah ich, sie war ausgehöhlt für einen Menschen.

Ich hielt die flache Hand hinein. Berührte den Grund des Trogs, der frisch behauen war, aus blankem Stein. Hier würde er liegen. Hier würden die Seinen Abschied nehmen.

Da wußt ich, daß ich mich nicht trennen lassen wollte. Ich wollte weiterwachen über ihm.

– Im Grab?

– Ich wollte bei ihm bleiben. Denn so wie ich ihn fand, genauso hatte er vor meinem Grab gestanden und mich gefunden. Mich nicht verlassen.

– Du sagst: du wolltest bei ihm bleiben. Du konntest aber gar nicht anders, scheint mir. Du hattest keine Wahl.

– Ich hätte gehen können, das Grab verlassen. Und wär zu dir gekommen. Ich hätte drei Tage gewartet, hätte, wie du, den Frauen nicht geglaubt, hätte gesucht nach denen, die das Grab ausraubten. Hätte gesucht nach seinem Körper. Und ihn gefunden, als sie meldeten, er sei gefunden. Würd ihn verbrennen sehen, morgen. Dann würd ich zu vergessen suchen, daß er mich von den Toten auferweckte. Und wäre tot in diesem Leugnen, diesem Irresein. Und würde leben. Das wenigstens. So würdens andere sehen, die mich nicht kennen. Und würde leben. Wie du. Verstehst du nicht? Ein Lügen wär es mir. Ein Nie-mehr-wagen-Können, dem Wahren wahr zu sein. Zu leugnen, daß er mich geholt, lebendig, wäre mir Tod gewesen. Im Grab mit ihm zu bleiben: da war Leben.

– Ihm nachzusterben also?

– So denkst du. »Ein Ende machen«, soll das heißen, als ging es um das Einholen eines, der schneller lief und der, indem du dir ein Ende machst, eingeholt wär.

– Was also?

– Sein Sterben auszuhalten, sein Totsein mit ihm auszuhalten, ihn mit dem Leben, das er mir gab, ganz auszuhalten.

– Das klingt, als wolltest du mit deinem Leben dem Toten Nahrung geben. Wie in der Höhle, als er dir machtlos schien, du für ihn wachtest, ihm Nahrung gabst.

– Mehr als mein Aushalten hatte ich nicht. Mein Beiihm-Sein. Ich hörte die Gruppe, die den Toten trug und sich dem Grab näherte. Ich ging ihr nicht entgegen.

– Sondern?

28

– Wandte mich um. Denn in die linke Wand der Kammer, dem Troggrab gegenüber, da waren eingehauen zwei ebene Schächte. Es waren Schiebegräber, die eines überm andern lagen, und beide leer. Am Mund des unteren Schachtes stand ein Kasten, in den man nach Verfall des Körpers die Gebeine legt. Auch er war leer. Ich zog die Urne aus dem Mund des Grabs, kroch eilig in den Schacht, so daß ich mit Händen den Kasten nachziehen, den Mund des Schiebegrabs verschließen konnte. Versteckt lag, unsichtbar. Und doch noch hören konnte, daß sie, nur wenig später, die Gruft betraten.

Zwei Frauen hört ich klagen, laut, und weinen. Ob es die waren, die schon die Lampen stellten, weiß ich nicht. Zwei Männerstimmen dann. Die kamen hinterher ins Enge dieser Kammer, den Leichnam tragend. Das Holz der Bahre stieß an meine Wand, zweimal.

Die Männer trieben zur Eile an. Ein Ziehen, ein Streifen von Rauhem über Stein, ein Zerren von beschwertem Tuch. Den Duft von Salben roch ich. Einmal rief eine der Frauen:

»Die Augen. Die Augen!«

Und ich erschrak und schloß die Augen, als hätte sie meine Augen im Schacht hinter dem Kasten bemerkt.

Kurz darauf verließen sie die Gruft. Ich hörte den Stein, mit dem sie schlossen. Die kleinen Splitter, die er malmte, als man ihn schob. Das Reiben, als er an die Felswand rammte und hielt. Hörte die Schritte sich entfernen. Die Stimme einer Frau, die vor dem zugerollten Stein noch ein Gebet verrichtete. Dann ging auch sie. Dann war es draußen still. Vollkommen still. Und nur mein Herz schlug rasend laut, als ich begann, den Kasten langsam vor mir herzuschieben, zur Seite. Begann, zurückzukriechen in die Kammer, ins Licht, das sie gelassen hatten, die dunkle Mandelbucht der Lampe. Und mich erhob.

Hier hält die Zeit.

Ich weiß nicht mehr, wie lang ich stand. Auf den sah, der da lag. Er lag verhüllt im ausgehöhlten Stein, war rücklings auf ein Tuch gelegt, das sie ums Haupt geschlagen hatten und dann hinabgestreift, gestrafft, bis zu den Füßen hin, diese bedeckend. Das Tuch war frisch gewoben worden. Es fiel nicht auf die Seiten des toten Körpers, lag steif am Steinrand auf. Ich wollte mit der Hand die Stirn des Leichnams berühren – und konnte nicht. Denn als die Hand, im Abstand noch, hin über seine Schulter strich, der Stirne zu, greift mich Entsetzen.

Ich fühle plötzlich, ohne zu berühren, wie heiß der Körper ist, der unter dieser Hülle liegt. Gerade so, als lebte er noch. Als könnte er aus diesem Fiebertraum erwachen. Und schreck zurück, als hätt ich einen im Schlaf gestört. Und seh auf ihn. Und ruf ihn.

Sah aber keinen Atem, sah nirgendwo am Tuch Bewegung.

Da kam ich wieder nah, hielt beide Hände übers Tuch und spürte nochmals die feuchte Wärme, die durch das Leinen nach oben drang. Und dann berührte ich ihn. Fiebrig heiß lag der Körper an meiner Hand, fühlte sich an, als läg er vor mir in der Höhle noch, sagte: »Wach über mir!«, wie machtlos, im Fieber.

Ich faßte das Fußende des Tuchs und hob es auf. Hastig schlug ich es seitwärts zurück, zu sehen, ob er noch lebte. Und hielt das Tuch zurückgefaltet, zitternd, und sah hin. Aber erkannte nicht, den ich sehen wollte.

Auf einen dunklen, sternbespieenen Himmel blickte ich. Auf Sternflut des Nachthimmels, die sich vergossen, vielverzweigt glänzend über das Land gelegt hatte, als seien Himmel und Erde noch verschmolzen, noch ungetrennt, dareinverwoben aber alle Welt und wartend.

Erst als ich trennen konnte, was ich sah, nicht Sternenflut, sondern die eingepeitschten, aufgesprengten Stellen der Haut, nicht Zweige vielverzweigt, sondern geronnenes Blut, das kreuz und quer über den Körper netzte, nicht eine Nacht, von Sternen glänzend, sondern den Totgefolterten, dem diese Folter Hitze trieb, mit Fieberschweiß den Körper überflutet hatte, erst da sah ich den Menschen, der hier mißhandelt zwischen steingehauenem Himmel und steingehauener Erde lag. Als hielte er, im Letzten noch, die Luft zum Leben an: so war der Kasten seiner Brust ganz hochgezogen, hochgeschwollen, im äußersten erstarrt. Die Augen waren ihm geschlossen, und Münzen lagen auf den Lidern. Mit Tüchern waren Kinn und Hände festgebunden, die Füße auch umschnürt. Zuletzt sah ich die offene Seite, die blutig vor mir, nah am Steinrand lag.

Ich zog das Linnen über ihn zurück, umfaltete die Füße wie vorher und tauchte, wo seine Seite offen lag, das frische Tuch vom Steinrand in den Trog, hinab auf seine Wunde.

Nur wichen jetzt die Bilder, die ich gesehen hatte, nicht mehr von mir. Die waren nicht zu überdecken. Sein Körper und die eingehauenen Male traten aus jedem, das ich sah. Ich kniete hin, ich lehnte mit der Schulter an die Steinbank, war schwach und müde und sah doch vor mir, im Spurenwirrwarr der Werkzeugschläge auf dem Boden, nur den geschlagenen, wundenübersäten Körper wieder. In einer ausgehauenen engen Stelle: die Nagelwunde jener Hände, die mich gezogen hatten.

Und wie ein Kind sucht ich, mit meinen Händen mir Staub herbeizuscharren. Die Stellen zu bedecken, die Bodenmale auszuglätten. Und kroch umher, ich weiß nicht mehr, wie lang. Und sammelte und trug zusammen allen Staub und Erde, die ich fand, und glättete.

Einmal, als ich bei diesem Sammeln zurückkroch in die Vorkammer, hört ich von draußen, daß es regnete. Auch Stimmen welcher, die auf der Treppe, nah dem Rollstein, lagerten. Ein Rinnsal floß dort, wo der Stein nicht glatt abschloß, von oben in den Rücken des Gesteins, fand in die Gruft. Ich stieß mit meinen Händen auf die nasse Spur und mischte davon ins Gesammelte und trug es naß zurück.

Auf das Geglättete strich ich mit meinen Händen die lehmige Erde, bis ich ruhiger, müder, vom Suchen ganz erschöpft, beruhigt war wie ein Kind. Ich fühlte Formen, die ich preßte, auffächerte und teilte, rundete. Ich kniete über ihnen. Ich sah nicht, was ich mit den Händen schuf, es war nur Spiel, es schien nur Spiel zu sein und zeitlos. Wie in der Kindheit legte ich mich zu Boden, den Rücken an die Steinbank, strich über die Figuren hin des Spiels, schlief ein.

Als ich aus traumlosem Schlaf erwachte, lag ich im Dunkeln. In Angst lag ich, wie reglos. In Angst, die aus dem Dunkeln kam, der nassen, eingegrabenen Erde, wo ich lag. Ganz schwach vor mir glaubt ich die Umrisse des Urnenkastens zu erkennen. Daneben schwarz das Loch des Schachts, aus dem ich hergekrochen war. Nur schien mir der unendlich tief in jene Wand hineingetrieben und jener Kasten fürs Gebein jetzt riesengroß, den Maßen unseres Tempels nachgebaut. Und aus dem Schacht sah ich Gewürm sich vorwärtsziehen, gemacht aus nasser Erde, das dem von mir Geformten glich. Bis in die tiefste Tiefe, die ich sehen konnte, war es ein Kriechen, ein Sichverzweigen, zum Ausgang hin. Ich sah die Seiten jenes Kastens sich bevölkern, das Ausgekrochene wie Maserung lebendig an ihm kleben.

Gleich würde der Kasten sich erheben, sich vorwärtswälzen, das wachsende Gewimmel der Schachtgeborenen stürzen, mit seinem ersten Sturz die Zeit aufheben, mit seinem zweiten allen Raum, mit seinem dritten mich zermalmen und ungewesen machen alles, was sich auf ihm zu retten suchte. Die alte Angst war es, die kroch hervor aus jener Dunkelheit, die mich umschloß. Es war die Angst im Baum, im Astgewirr und Zweiggewimmel, die sich zu mir herab jetzt winden wollte. Dieselbe.

Von Angst gepeinigt, schrie ich, starr, ohne Schrei. Ich wandte mich, um mit den Händen den Rand der Steinbank zu erreichen. Kaum konnt ich ihn mit meinen kaltgewordnen Fingern noch umklammern. Und hielt mich dennoch daran fest. Und zog mit letzter Kraft mich an der Kante hoch, zog meinen ganzen Leib vom Boden, zog ihn hinauf zur ausgehöhlten Grabbank.

Mit einem Schlag, kaum fühlt ich meinen Körper dort an seinem, war meine Angst wie ausgelöscht. Fiel ab. Fiel alles ab, was Angst empfinden, was Angst mit jeder Faser spüren, was Angst noch in sich saugen konnte. Es brach die Haut, als wäre sie immerschwerer Panzer nur gewesen, war abgesprengt. Ich war ganz leicht an ihm, war nah, war sprachlos, ruhend, ohne Angst. Unendlich sicher war ich.

Da kam mir, daß lebendig sei, wer mir die Angst so nimmt. Ich wandte mich, um sein Gesicht zu sehen.

Und fiel in ihn hinab.

29

– Sprich weiter, halt jetzt nicht an.

– Und, fallend, sah ich … Ich sah etwas …

– Sprich zu mir, weiter.

– Ich werd erzählen wie aus einem Traum. Daß du verstehst: ich werde, wie man es sonst bei Träumen tut, verstehend noch zu überbrücken suchen, was gar nicht mehr verständlich ist und aller Sprache fern. In den Bereichen ist kein Sprechen mehr, das überbrükken könnte, und wenn ich sage »und«, dann lüg ich schon. Denn diese Zeiten, diese Bilder, die waren durch kein »und« verbunden, sie waren gar nicht Zeit, sie waren aller Zeit beraubt und unverbunden. Was ich erzähle, war so. Noch viel mehr aber: *ist* so. Es ist so, weil ichs dir erzähle und dich als Hörer habe: wird es so sein.

– Was sahst du, als du sein Angesicht sehen wolltest, ob er lebendig sei, und fielst in ihn hinab?

– Hinabgefallen sah ich mich, in der Dunkelheit liegen. Um mich her nichts als Dunkelheit. Bis ich nach langer Zeit gewahr wurde, daß ich, in einiger Entfernung, vor einem Tor zu liegen schien. Wie war es aber, daß ich das Tor bemerken konnte und »Stadttor« sagte und also eine ganze Stadt, die ich doch noch nicht sah, dahinter ahnte? Nichts rührte sich und nichts geschah, auf Jahre. Die Vorstellung, dort sei ein Tor, dahinter eine Stadt, es seien auch ab und zu Stimmen zu hören, aus einem leisen Stimmenwirbel her, als zögen welche, Feiernde, hinter dem Tor vorbei, die gab ich bald auf, die war längst aufgegeben.

Da kam einer. Kam aus der Dunkelheit. Kam näher.

Ich schrie und jammerte, daß der da kam mich höre. Ich hörte ihn stillstehen. Die Stille. Dann vom Weg ab und zu mir gehen. Da überfiel mich große Furcht vor ihm.

Die letzten Schritte her zu mir sah ich das Messer, das er hielt. Ich sahs.

Wie sah ichs? Es war, als käme eigens dazu aus dem Spalt zwischen den Torportalen ein Lichthauch in die Dunkelheit, das Niederfahren der Schneide noch zu netzen, mit Licht die Spitze anzuhauchen, so daß ich sah, wie endlich, alle Angst bestätigt, ich meinen Mörder aus der Dunkelheit herbeigerufen hatte.

Ich sah das Messer, mit dem er auf mich einstach, das schmale Lichtblatt, das sich auf seiner niederfahrenden Klinge eingesammelt hatte und in mich schnitt und einriß mein Gebäude Dunkelheit. Und als er schnitt und riß an mir, da dröhnte über mir sein Herz. Gewaltig. Es brüllte, als bräch mit jedem Bruch, als riß mit jedem Schlag etwas in ihm. Der stach und schlug, *der* wars, der schrie mit jedem Schlag und spuckte Blut, als sei ich, die zerrissen wurde, der wahre Mörder, ich, die hier lag: die über ihn Gebeugte, mein messerwunder Arm: der fahrend-reißende, der jenes Messer hielt. Und stach und festhielt. Nach jedem Stich und Reißen. Festhielt, stach. Und ihn nicht finden ließ, wonach er suchte. Und seine lichte Schneide nie sehen ließ, wonach sie stach.

Als zwänge ich ihn so, nur immer schneller zuzustechen. Als seis mein Ziel gewesen, hier Trennung, hier an mir selbst Entzweiung, hier unterm letzten Lichthauch eilig Finsternis zu schaffen. Damit auch dieser letzte Hauch auf nichts mehr träfe, das ihn spiegeln, auf kein Geheimnis hauchte, das ihn am Leben halten könnte.

Tot zog er meinen Körper endlich mit, der letzte Töter seinen letzten Toten. Die letzten tausend Schritte hin zum Tor. Da schlägt er an.

Ihm wird nicht aufgetan.

Als hätte ich es ihm verwehrt, prügelt er auf mich ein. Als sei es mein Geheimnis, das ungefundene, das ihm hier Schlüssel wär gewesen. Er lehnt mich an das Tor und wirft mit Steinen nach mir, daß es hallt. Es hallt, daß sie ihn hören müssen, denkt er.

Ihm wird nicht aufgetan.

Er reißt mich weg vom Tor, zieht in die Dunkelheit mit mir, wie blind, als gäb er auf. Zieht tausend Schritte, bis er Stimmen hört. Aus einem Stimmenwirbel hinterm Tor. Als zögen welche, Feiernde, vorbei.

Da treibt es ihn zurück. Mich schleppt er mit. Und vor dem Tor ruft er: »Macht auf!« Er schlägt ans Tor und wirft mit Steinen, brüllt.

Ihm wird nicht aufgetan.

Da wirft er mich vors Tor. Von seinen Augen nimmt er eines. Und setzt mirs ein. Damit ich für ihn sähe. Aus seinem Mund fährt Feuer, umfängt mich und verbrennt mich ganz.

Und aus den Flammen steigt mein Rauch. Der dringt dorthin, woher auch schon der Lichthauch an die Messerspitze kam, dringt durch den Spalt der Torportale. So fährt mein Rauch nach innen, hinters Tor. Und sieht für meinen Mörder.

30

Da, hinterm Tor, seh ich das Ausmaß einer Stadt, verhältnisgleich mit unserem Tempel und strahlengleich im Fest. Die Säulenhallen seh ich im Geviert durchrannt, darin die Stimmenwirbel drehen im Kreis. Ich seh das Fest am Ende aller Zeiten, das der Messias feiert, um die Gerechten zu belohnen.

Nicht aber, wie man uns davon berichtet. Denn es war schmerzvoll-rätselhaft, was hier geschah. Als hätten wir nie Licht gesehen. Was wir für Licht gehalten, war Finsternis gewesen. Denn hier war Licht.

In diesem Licht, da sah ich alle, sah jedes, das je lebte, lebend. Jedes mit seinem Entzweiten. Jedes mit seinem Entzweier. Das Auge wollt es nicht glauben.

Hier saßen Hasser und Gehaßte, Mörder und Gemordete beisammen am Tisch, daß das Licht, das von dorther kam, mir unerträglich war. Denn es ließ mich nicht sehen wie im Licht, das ich kannte, sondern wie Finsternis schien mir das Licht, das ich bisher gesehen hatte. Entmachtender als Finsternis aber das Licht, das jetzt kam.

Je tiefer ich eindrang, je mehr Räume ich sah – denn wie die Fluchten eines großen Hauses erschienen mir die Straßen, die mit den Feiernden sich füllten –, desto heftiger sah ich vereint, desto unerträglich sichtbarer wurden die, die einander einst fern, hier aber in nächste Nähe, ja unzertrennlich ineinanderverrückt waren.

Und als die letzten Fäden meines Rauchs, aus deren Netz ich all das sehend zog, sich hin zum Mittelpunkt der Stadt doch zu verlieren drohten, aber noch sehen konnten, das Unerträgliche noch sehen konnten, gerade weil der Rauch sich löste und dahin, dorthin sehend stob, da:

Sah ich mich. Sah mich leibhaftig unter ihnen, den Feiernden. Ich sah mich: Tirza. Sah mich die Hand des Menschen fassen, von dem ich einst am Fluß getrennt gewesen war. Und sah das Fest und diese Feiernden im selben Augenblick erschauern.

Vor mir? Vor dem Versprochenen, dem Entzweiten, dem, der mich hielt? Vor unserem Händeschluß?

Nein, nicht davor.

Vor dem Entzweier sah ich sie erschauern, dem Eingetretenen. Denn einer war eingetreten. Ein letzter. Dem man im selben Augenblick, da ich mich unter ihnen sah, die Torportale aufgestoßen hatte.

Denn jetzt war auch ihm aufgetan.

Und er stieg über meine Asche ins schwärzende Licht, daß ich mein Blut an seinen Händen aufscheinen sah. Die Torportale aber ließ man offen. Denn sonst war niemand draußen übrig. Nur der, der eingetreten war.

Ein Jammern ergriff sie alle, die aus Getrenntestem ins Neugeeinte zusammengeführt waren, daß durch den Zutritt dieses einen alle erneut getrennt zu werden drohten. Ihr Zittern, ihr Jammern, ihr Schmerz galt dem Töter, dem Lügner, Versucher und Satan. Und es drohte zu bersten, eng wie ein Kasten, das Haus der Stadt der Feiernden, so beängstigend, als er hereintrat und alle ansieht: der Augenblick.

Da kommt aus ihrer Mitte der Herr des Fests. Kommt auf den Eingetretenen zu. Und dem, vor dem sie zittern, sich zu zerteilen drohen, dem Eingetretenen, dem öffnet die Arme der Herr des Fests. Als Bruder, als den verlorenen Sohn empfängt er ihn, der Herr des Fests. Umarmt ihn so gewaltig, daß sich ein Schrei erhebt aus allen Mündern, als würden in der Umarmung alle umgebracht.

Die Arme des Herrn aber durchhalten die Angst. Die Arme des Herrn halten fest den Gefundenen. Bis die Schreie verhallen, jedes, in der Umarmung erweckt, wiedererwacht, immer gehalten und nie verloren ist. Denn wo der Verlorene wiederkehrt, wird nie mehr verloren.

Und dann – ich sag es noch, ich sah es noch –, dann kam ein Licht. Aus der Umarmung kam es. War Licht des Lichts aus uns, die wir gesehen hatten. Aus uns kam es. War Licht dem Licht des Lichts. Zerbrach die Mauern und die Tore dieser Stadt, zerbrach, was Mauern, Tore, Straßen uns bedeuten, und tilgte ihre Zeichen. Und eingesammelt in den Armen, schuf er uns neu, aus seiner Seite. Ich sah, ich sah den Anfang noch. Ich sag ihn an.

Denn er stand vor mir. Der Auferstandene. Und ich erwachte.

Hier sah ich seine Hand, die sich zurückzog. Die noch auf mir gewesen war, auf meiner Stirn. Die mir Gesicht gegeben hatte. Hier stand er, eben noch berührend, und wandte sich.

Und ging durchs offene Felsengrab hinaus. Ich sah, ich sahs.

Da nahm ich die Grabtücher, die am Boden lagen, und faltete das Linnentuch und legte es auf die Bank in den Vorraum der Gruft. Und das Schweißtuch, mit dem man ihm das Kinn gebunden hatte, die Hand- und Beinfesseln, die legte ich auf den Grund der Gebeinurne, zum Zeichen. So auch die Lampe, die noch brannte, das Licht, mit dem wir sehen bei Nacht. Auf jene Tücher, die binden, hab ichs gestellt, in das Gefäß, das faßt. Das Kastendach darübergezogen, damit die Lampe im engen Dunkel verbrenne. Denn jetzt war neues Licht: Der aus dem Grab stieg, das ihn faßte, war nicht ergriffen. Da kamen Wachen in die Gruft, zu sehen, zu fassen, was ich gesehen, mit Händen gefaßt hatte, und begriffen mich nicht.

Aber zu dir haben sie mich geführt, Judas Thomas, begreifst du? Für dich hab ich gesehen. Wie ich, ausgesandt mit seinem Auge, für den Letzten sehen sollte, der einst ausgesandt war und nicht mehr zurückfand. Und hab dir gegeben, was ich sah. Kannst dus halten? Denn es ist für den Letzten, daß er erinnere. Und für dich. Daß du faßt. Daß du dir einig wirst, Zwilling.

– Wie werde ich einig?

– Iß, was ich dir gegeben. Iß das Eigene. Wag dich hinaus, den Verlorenen im Äußersten einzusammeln. Daß du einig wirst. Denn aschenverbrannt und irdisch ist, was dir innen fehlt. Mit dem Fehlenden aber, wenn du es faßt, schwärz deinen Himmel.

– Was kommt daraus?

– Daß du ihn siehst, den Himmel. Und nicht mehr sagst: er ist nicht sichtbar, ist hinterm Tod verschlossen. Denn nicht hier oder da ist der Auferstandene, das ist: die Umarmung. Denn er hat die Getrennten umarmt. Nicht gestern war er oder wird morgen sein. Denn wie er Licht und Dunkelheit umarmte zum neuen Tag, so Gestern und Morgen.

Sondern *jetzt* und in dir ist Er. Wo aber nicht, da trennen die Mauern. Wo nicht *jetzt*, da verschließt sich das Tor. Wo nicht in *dir*, da mordet der Mörder. Und wo Er nicht ist, da glauben Gerechte zu richten. Und stehen ungefaßt, uneins, außerhalb, wo sie einander nicht erkennen, Zutritt nicht lassen. Und der Verlorene bleibt unumarmt, wo er alle vor Angst zerreißt.

Durch zwei aber ist Eingang. Durch die kam Gott und wohnt. Geh also durch, wenn du IHN suchst.

31

Da sah ich, daß Tirza hielt, zum ersten Mal. Und nicht mehr weiterging im Kreis, den wir zwölfmal im Viereck der Tempelmauern gegangen waren. Sondern Erde aufhob von einer Stelle am Boden, wo das Pflaster des Vorhofs durchbrochen und Erde sichtbar war. Und sie reichte mirs zum Mund, daß ich esse. Und ich wollte nicht essen davon.

Meinen Kopf hielt sie fest. Und das Auge, das ihr der Mörder gegeben hatte, damit ihr Rauch einfände zwischen die Tore und vorsähe für ihn, das wollte sie mir geben, mein linkes dafür zu tauschen. Und da riß mich der Schmerz, als sies mir einsetzte mit der Hand und schwärzte den Tempelhof, daß ich schrie und erwachte.

Ich lag noch immer am Boden im Stall. Meine Kleider waren durchnäßt, das Fieber aber gewichen.

Ich richtete mich auf, sah die Spuren, wo ich mit meiner Hand im Boden gegraben hatte. Nur der Krug, den ich dort, nah der Hand, wohl im Traum gesehen hatte, der fehlte. Verschlammt, mit Wasser getränkt war die Stelle, und meine Hand davon geschwärzt. Auch mein Mund, meine Augen.

Ich sah durch das Gatter des Stalls. Die Spuren des Regens waren längst von der Sonne getrocknet. Ich hatte wohl eine zweite Nacht hier durchschlafen, hatte mich durch das Fieber geträumt. Auf der Straße vor dem Stall zogen jetzt viele entlang, lärmend, zogen in eine Richtung. Mir aber dröhnte der Kopf noch von Tirzas Stimme, ihren Gesichten. Von Tirza, die mir im Traum erschienen war. Die ich nie gesehen hatte. War das möglich?

Alle Kraft war wieder in mir, so schien es. Und doch mißtraute ich ihr. War ich so nicht schon einmal aufgestanden, zu Tirza gerannt, sie nicht zu versäumen? Hatte ich alles geträumt?

Über einem Stecken am Gatter lag der Umhang, den ich mitgenommen, ihr umgelegt hatte im Traum. Lag unberührt.

Und was für ein Traum? Er war unerträglich, noch in der Erinnerung. Denn die Bilder standen vor mir, als hätt ich sie mit eigenen Augen gesehen. Unerträglich, so daß ich sie nicht zusammenhalten, nicht aushalten konnte. Das Bild des Mörders und Satans, der Einlaß fand. In die Umarmung des Herrn geholt worden war. Unaushaltbar.

Und wer denkt, wer sieht so? dachte ich. Wer macht so sehen? Der in Besessenen haust, will der mich besitzen? Soll ich sein Haus werden? Daß ich, verrückt an den Bildern, ihm Einlaß gäbe in mich? Aber wenn er es ist, der durch Tirza zu mir spricht, warum dann vom Auferstandenen? Wenn es Satan ist, der mir sagt: »Auferstanden, dein Herr ist auferstanden«, belügt er mich dann, mich zu täuschen? Wessen sind diese Bilder, und wer ist ihr Herr?

Weil ich mich abgesondert hatte, mich von den anderen entzweite, kam er zu mir, der Entzweier, so dachte ich. Hatte mich ausgesucht, weil er wußte, in mich wäre leicht einzubrechen. Im Fieber würden die Bilder noch besser geschürt, auf das eine, das letzte Bild zu, darin er sich selbst ins Fest am Ende der Zeiten, das Fest des Messias, eindringen ließ, dort empfangen zu werden, vom Messias umarmt.

Warum aber ließ er mich gehen? Warum hat er mich mit dem Fieber nicht ausgebrannt, im Höhepunkt seiner Bildlügen zernichtet? Warum habe ich überlebt? Und warum sprach mir auch Tirza von ihrem Tod, ihrer Auferstehung, und sagte zum Schluß, sie habe das Gesehene nur mir berichtet und dem, den sie daran erinnern soll?

32

Ich trat hinaus auf die Straße und ließ mich in der Menge weitertreiben, wieder bei Kräften und doch kraftlos, richtungslos, denn ich wußte nicht, wie ich sehen sollte, was ich gesehen hatte.

Achtlos wurde ich von einigen, die an mich stießen, als sie sich vorbeischoben, in eine Gasse abgedrängt. In deren Schatten lief ich weiter, als hätte man sie mir gewiesen. Ich zweifelte, ob ich das Traumgeschaute je verstehen, die Bilder je mir ordnen und von mir weisen könnte.

Ich hatte mich vom Lärm der Menge schon entfernt, als ich, zwischen den Händlern, die ihre Waren am Rand der Gasse ausgebreitet hatten, eine Frau bemerkte, die ... Tirza ähnelte. Ich hielt. Mir schlug das Herz im Hals. Denn das Gesicht der Frau war abgewandt, ein Händler bot ihr Ware an.

Und dann, so wie im Tempel – im Tempel meines Traums! –, dreht sie sich her. Nur halb, nur ... fast. Und ohne Zweifel ist es die Frau, die ich in meinem Traum gesehen hatte. Die Tirza hieß. Die jener Knecht aus der Kaserne vor Tagen noch mit Namen nannte: Tirza.

Sie beugt sich herab, hebt etwas auf. Ein Wasserkrug. Dann geht sie weiter.

Ich geh ihr nach, ich muß jetzt sicher sein. War sie bei mir, als ich im Fieber lag? Kennt sie mich so, wie ich sie doch zu kennen glaube? Hat sie gesehn, wovon sie mir im Traum erzählte?

Ich folge ihr durch die Gassen. Und doch wag ich noch nicht, sie anzusprechen. Als könnte ich, wenn sie mir nicht bestätigt, was ich geträumt habe, erfahren, daß ich, verrückt geworden, mich aufgespalten habe und das Geschaute vom Geschehnen nicht unterscheiden kann.

Seh ich die wirklich, der ich folge?

Sie hält auf eine Straße zu, an deren Ende sich ein Teich befindet. Da, plötzlich, schreit eine jüngere Frau, die Wasser trägt, sie an. Läuft auf sie zu. Fällt hin. Fällt vor sie hin. Läßt ihre Wasserlast zu Boden schlagen.

Auch andere eilen herbei. Darunter einer, dem sie Platz machen, ein Mann, der eher zögernd näher kommt. Der ihren Namen spricht, so scheint es. Ich kann nicht hören, was er sagt. Ich steh im Schatten, bleib, wo ich bin, im Schatten. Und kann nicht fassen, was ich sehe. Seh ich es denn? Oder sind es Ausläufer des Fiebers? Denn ich zittere, als ich sehe: Der Mann geht an der jüngeren – die hinfiel und weinend, schreiend liegenbleibt, nicht aufzusehen wagt – vorbei.

Er kommt. Kommt auf die zu, die ich für Tirza hielt. Denn ihr Gesicht: es bleibt mir abgewandt. Das jenes Mannes: offen sichtbar. Er hält vor ihr. Und rührt mit seiner Hand an sie. Und hält sie dann, ergreift sie, wie er sie nie gehalten. Umarmt sie, die Versprochene. Und bricht mit ihr zu Boden.

Da rast das Wort, das jener ausgesprochen haben muß, die Gasse zu mir her. Ich aber wills nicht hören. Ich geh nicht hin. Ich wag nicht hinzugehen, das Traumbild zu berühren. Fast dankbar bin ich, als mir Vorbeilaufende das Bild verschränken, die Szene um den Teich wieder alltäglich wird. Und ich mich abwende, die Gasse wieder aufwärtsgehe.

33

Schließlich fand ich zurück zur Straße, aus der ich abgedrängt worden war. Noch immer zog hier die Menge in eine Richtung, und wieder wurde ich mitgetrieben. Ich fand, daß der Einfluß der Bilder und Stimmen, die mich nicht ließen, im Gewimmel gelindert wurde, im Treiben und Stoßen der Menge langsam zerfiel.

Wir kamen auf den Platz vor der Kaserne, wo sich der Strom verlangsamte. In der Mittagshitze standen schon viele oder kamen aus anderen Gassen und Straßen, die sich hier kreuzten, hinzu. In der Menge erkannte ich auch welche von uns. Ich versuchte, mich zu ihnen zu drängen, und rief. Aber sie wehrten ab, gaben mir zu verstehen, daß wir uns offen nicht zeigen sollten als die, die wir waren. Und nachlassend wurde ich rasch getrennt von ihnen, als andere hinter mir nachdrängten.

Ich sah, daß, wo ich hingestoßen wurde, alles schon stillstand und auch ich stillstehen mußte. So dicht gestellt war hier das Volk. Und alle sahen hin zur Mitte des Platzes, die von Soldaten rundum freigehalten wurde.

Dort ragte ein Scheiterhaufen.

Ich wurde schwach in der Menge, denn ich erinnerte mich genau, wie mir der Knecht noch vor drei Tagen im Hohn den besten Platz geboten hatte, hier beizuwohnen, hier die Verbrennung meines Herrn zu sehen.

Aus der Kaserne kam ein Wächter, zog eine Leiter. Er legte sie vorsichtig an die Stirnseite des mannshohen Stoßes, über die Bündel dornigen Krauts hinweg, die zur Feuerung am Fuß der Scheite gestapelt waren, prüfte den Halt der obersten Sprosse am Scheitel der trockenen Schichten und wartete dann neben der Leiter.

Obwohl ich wußte, was hier geschah, fragte ich den, der bei mir stand: »Wen werden sie hinauftragen?« Und ohne sich zu mir zu wenden, seinen Blick immer auf den Kaserneneingang gerichtet, murmelte der: »Den Jesus von Nazareth, dessen Leiche seine Anhänger verstecken wollten.«

Aber niemand kam aus dem Kasernentor. Man ließ die Menge, die unruhig wurde, in der Hitze warten.

Indessen gab der Ring der Soldaten vor uns nicht nach. Man hörte Husten, Stöhnen, man sah die Schulter eines andern, der sich wand, die Hand, die sich nach oben reckte, wo er sich Luft verschaffen und vorwärts oder seitwärts rücken wollte. Man gab nicht nach.

Ab und zu rief einer der Soldaten nach hinten, die Gassen freizumachen. Aber von dorther strömten immer noch welche oder hatten die Gassen bereits so dicht gefüllt, daß kein Weiterkommen war. Nur manchmal, an Stellen in der Menge, wo die sengende Hitze mit Windstille zusammentraf und doppelt schwer auf diesen Teil des Platzes niederbrannte, schien sich ein Haufen innerhalb der Menge loszulösen und langsam, im trägen Wirbel, fortzutreiben, um dann, ein wenig später, festgekeilt, schon wieder stillzustehen. Lücken entstanden keine, denn andere preßten sofort nach und schlossen noch die kleinste Öffnung. So daß sich jegliche Bewegung, die uns erfaßte, nach hinten oder seitwärts fortgesetzt, wohl immer wieder um den ganzen Platz geschlungen haben mochte. Mir war das Stöhnen, Murren, die Schreie, die allgemeiner wurden – denn immer wieder brachen welche zusammen, wurden beim nächsten Ruck der Menge ohnmächtig nach unten getreten –, als zöge sich das Geschrei, das Murren, Stöhnen der einzelnen zusammen, als seien diese vielen der Lärm nur einer einzigen Bewegung, ein großes Schleifen, Reiben, Kriechen. Als zögen, hielten, zerrten wir wie Glieder eines Riesentiers, das sich hier in der Sonne wälzte und seine Kreise zog, das seine Hitze in die Mitte werfen, das Holz entzünden wollte.

Da riß einer an mir. Ich fühlte seine Hand, hörte sein Namenrufen, und konnte mich nicht wenden, wo ich war. Man wurde wütend hinter mir, weil er sich zu mir hinzuzerren suchte, das spürte ich. Bis dieses Zerren an meiner Seite, an meiner Schulter, schwächer wurde, er ganz abließ.

Die Menge wurde unruhiger, als sei etwas im Kommen. Ein Schwall zog alle plötzlich mit. Ich stürzte rückwärts über einen, der schon gefallen war, versuchte mich am Vorderen wieder aufzurichten. Da gab die Menge nach, ich fiel zu Boden. Auch andere riß es nieder. Man hätte uns zertreten, wenn nicht, im selben Augenblick, zurückgepreßt, zurückgetrieben worden wäre. So daß die Menge wieder stillstand, die unter ihr Vergrabenen schrieen.

Man hörte nicht auf unsere Schreie. Niemand gab nach.

Ich hatte kaum mehr Luft, lag eingeklemmt ganz unten. Nur ab und zu, mit einem Rucken hierhin, dorthin, war ich im Dunkel von der Menge fortgeschleift. Und immer, wenn sie sich bewegte, brach Licht nach unten. In hellen Schäften schossen Blitze durch ihren aufgebrochnen Leib zu mir herab. Dann war es wieder dunkel.

In solchen Augenblicken Lichts bemerkte ich am Boden einen alten Mann, nicht weit von mir. Mit seiner Hand, die blutig war, zertreten, wollt er an meine Schulter. Er keuchte, rief etwas. Es war die Stimme von vorhin. Mir schien, daß er versuchte, sich zu mir herzuziehen. Dabei ließ er die Augen nie von mir und starrte mich nur immer an. Er stieß den schweißgenäßten, erdbeschmutzten Kopf durch eine Enge und kroch nach. Er rief nach mir mit einem fremden Namen. Dann sprach er flehentlich im Dunkeln:

»Vergibst du mir?«

Im nächsten Lichtgeflacker erkenne ich, daß er ganz nah herangekrochen ist. Ich fühle seine Hände nach meinen Händen tasten, nach meiner Stirn. Weint er, der Alte? Ich weiß es nicht. Ich hör ihn nochmals fragen:

»Kannst du mir nicht vergeben?«

Als hörte ich mich selbst, so ist es. Denn hatte ich nicht als Kind den hergeglaubten Bruder, den Zwilling, oft gefragt: »Vergibst du mir?« Und Antwort nie gehabt?

»Was soll ich dir vergeben? Ich kenn dich nicht«, sag ich zu ihm und spür den Staub in meine Kehle dringen. Da klammert er sich an mir fest, als hätt ich ihn bestraft mit meiner Antwort. Ich höre sein:

»Daß ich dich in den Tod geschickt.«

Und ich versteh ihn nicht, den Alten, der mich beweint, als sei ich tot, schon tot, als läg ich tot vor ihm im Bauch der Menge. In Wut will ich noch zu ihm schreien, daß ich lebe. Ich bin zu schwach, ich find die Worte nicht. Was sich hier trifft, scheint mir vollkommen sinnlos. Ich weiß nur, daß uns die Menge gleich den Atem nehmen und uns zertreten wird. Und doch, hier stellt ein anderer meine Frage, auf die mein Bruder niemals Antwort gab. »Vergibst du mir?« bittet der Fremde nochmals.

»Ja«, sag ich hin ins Dunkel. Und geb die Antwort für den Bruder.

In diesem Augenblick reißt uns die Menge mit. Ein Lichtschacht bricht nach unten. Ich seh, am Boden noch, gefärbt die eignen Hände, rot, wo die des Alten auf mir lagen. Ihn seh ich nicht mehr. Ich werde hochgerissen. Weiß nicht, von wem. Die nächsten pressen an mich. Ich stehe wieder, atme. Und werde mitgezogen, im Wirbel fortgetrieben.

Die Unruhe, erkannte ich bald, kam vom Kaserneneingang her. Zwei Köpfe sah ich von Soldaten, die hintereinander durchs Tor schritten, durch einen freigehaltenen Korridor den Platz betraten. Die Menge drängte nach und wurde enger hingepreßt an die, die Wache hielten und gegenpreßten, mit ihren Schilden uns zurückzudrängen suchten.

Erst jetzt sah ich, daß jene zwei die Bahre trugen, auf der der Leichnam lag. Sie gingen auf die Leiter zu, die noch am Scheiterhaufen lehnte.

Ich versuchte, die hinter mir standen zurückzudrükken, mich abzuwenden. Aber alles stand fest. Da sah ich den Johannes, gar nicht weit vor mir, noch näher am Kasernentor, so daß ich dachte: Der muß ihn doch gesehen haben, nah genug. Und stieß mich durch, bis ich nicht weiterkam. Ich rief ihn, sah, daß er erschrak.

»Sahst du, wen sie herausgetragen haben?« frag ich.

Da wandte sich Johannes ganz zu mir, antwortete aber nicht. Ich sah in seine Augen und fragte, ohne auszusprechen:

»Ist ers?«

Bei Johannes aber stand einer, der dachte, ich hätte ihm gerufen, und antwortete: »Auf dem Weg nach Jericho haben sie die Leiche gefunden. In einem Kasten lag sie versteckt. Ich war dabei!« Er reckte seinen Kopf, als gäb es andere, die das noch wissen sollten, daß er dabeigewesen war. Dann sah er rasch zurück zum Scheiterhaufen.

Die Soldaten hoben den Leichnam die Leiter hinauf, legten die Bahre flach auf die Mitte des Stoßes, und stiegen wieder herab. Die Leiter wurde abgezogen, zurückgetragen. Eine der römischen Wachen, die uns zwangen, Abstand zu halten, rief über unsere Köpfe hinweg:

»Seht euren König! Zum Thron hinaufgetragen!«

Da entstand ein Krawall, als die Menge das hörte. Ich wurde weggerissen aus der Nähe des anderen Jüngers, sah aber nochmals sein trauriges Gesicht, das mir still geantwortet hatte.

Ein Soldat lief währenddessen bis zur Mitte des Platzes und stieß seine Fackel in die dornigen Feuerungsbündel am Scheiterhaufen. Als Flammen das holzige Kraut durchstachen, begann er um das Viereck zu schreiten, die Fackel immer wieder auf die Dornen zu tauchen. Noch bevor er hinter der Rückseite des Scheiterhaufens verschwand, erkannte ich in ihm den Knecht, der mir in jener Nacht das Feuer angekündigt hatte, das er jetzt legte.

Damals war ich zusammengebrochen, als ich hörte, man hätte die Leiche gefunden und würde sie dort, wo ich stünde, verbrennen. Und wußte nicht, warum ich zusammengebrochen war. Denn was hatte ich erwartet? Ich wollte den Leichnam berühren, um Gewißheit zu haben. Ich wollte ihm nachsterben, weil ohne ihn kein Leben war. War es nicht so gewesen?

Denn ich stritt mit mir. War ich nicht aus Furcht zusammengebrochen in jener Nacht, weil ich fürchtete, ihn belogen zu haben, weil ich wußte, daß ich ihm nicht folgen konnte, feige am Leben hing? Wäre ich nicht lieber unsicher darüber geblieben, wer und wohin und wie man ihn geraubt hatte, hätte geglaubt, was sich den Gläubigen bot, und damit genug? Ins Leere geglaubt, das sich den Gläubigen bot? Mitgeglaubt, was andere an Zeichen zusammensahen, an Worten zusammenlasen?

Auf jenen Boten aber hatte ich gewartet, den Knecht im Regen, der höhnend zu mir trat mit der Nachricht: »Wir haben gefunden, den du suchst«, und war mutlos zusammengebrochen. Warum? Weil ich in seinen Worten mithörte: »Wir haben den Menschen gefunden, wo du Gott gesucht hast.«

Die Flammen schlugen schon ins Holz, da dacht ich: Aus solcher Niederlage hat sich im Traum dein Widerstand noch einen letzten Sieg geträumt. Die Antwort nämlich: dein Herr sei der Messias, Sohn Gottes, sei auferstanden. Die Feigheit, dacht ich, schafft die größten Träumer. Die Gottverlassenheit den größten Gott. Den größten Widersacher auch, dacht ich. Denn der war mir im Traum erschienen. Umarmt!

Drei Jahre waren es gewesen, und nicht drei Tage, die ich im Fieber gelegen hatte. Darin zuviel erträumt, manches erlogen, ersponnen, alles erhofft. Und warum?

Aus der einigen Angst, nie gelebt zu haben, wenn nicht mit ihm. Denn mit ihm, schien es, war das Leben nahe bei Gott. War Gottnähe. Und vor ihm war kein Leben. Es war die Flamme, mit der er sprach und tat, die alles kalt erscheinen ließ, was vor Beginn jener drei Jahre lag. So dacht ich und zerschlug mich abermals:

Bedeutungslos das alles. Bedeutungslos sein Leben, wenn es von diesen Flammen aufgefressen wird. Warum war sie ihm nachgegangen, die Frau in meinem Traum, die Tirza? Bis in sein Grab ihm nachgegangen? So hatte es keiner von uns gewagt. Wir hielten uns an das Gesetz. Die Angst. Aus Liebe aber, sagte sie, sei sie ihm nachgegangen. Sie hätts ihm nachgemacht.

Und von wem rede ich mir hier das Bild zurück? Denn sie war nur ein Bild, die Tirza, ein Traumbild. Erklärs dir so und lebe. Vergiß ihn. Der das Leben war? Vergiß ihn. Vergiß, was er getan, was er gesagt hat. Vergiß ihn, denn hier: wird er verbrannt vor dir. Wem willst du jetzt noch nachsterben? Du bist längst tot. Wie tot, als du am Boden in der Menge lagst. Und wirst es bleiben. Bedeutungslos, das bist du. Machtlos. Du träumst nicht, lebst nicht, stirbst nicht. Du gehst ziellos dahin, bis es dich greift, dich träumt, dich tötet. Bedeutungslos und ziellos ein jeder deiner Schritte. Denn hier: dein Ziel verbrennt. Siehst du es noch? Hast du es je gesehen?

So dacht es in mir, denn ich war machtlos. Ohne Antwort. Als läg ich noch im Dunkel, bewegungslos am Boden, die Antwort eines andern gebend. Nicht meine. Als müßte ich, was hier geschah, mit mir geschehen lassen. Und wollte dem doch widerstehen, wollte es nicht geschehen lassen. Hielt immer wieder stand.

Da, plötzlich – gab ich auf.

Ich steh nicht mehr. Ich reiß mich durch die Menge durch, nach vorn. Ich schlag mich durch die Wachen. Ich hör das Klirren ihrer Schilde, die zusammenschlagen, wo ich entkommen und durchgekommen bin. Ich höre ihre Flüche gegen die, die nachwollen und die zurückgestoßen werden.

Ich laufe, frei – und jetzt mit vollem Willen, voller Macht – hier auf den Scheiterhaufen zu. Erreich die Seite des holzgefügten Quaders, die noch nicht brennt. Ich spring über die Dornenbündel, klammere meine Hände ins kantige Holz, zieh mich empor an astgestauter Wand. Als sei allein dort oben Rettung, allein dort oben Überleben. Als würd ich unten gleich zermalmt. Und ich erklimm die Höhe, erklimm die höchste Kante. Ich ziehe mich darüber hin. Und oben: stehe ich.

Ich höre das Gejohle, die Schreie der mich umringenden Menge, die Rufe auch des Knechts, der mit der Fackel mir befehlen will. Ich seh nicht hin. Ich seh sie alle nicht. Ich halt das Auge auf die Stelle, wo Dein Leichnam liegt. Will nah zu Dir. Ich will an Deine Seite. Die Flammen seh ich hinter Deinem Haupt ans Scheit hinschlagen. Auch um uns, an drei Seiten, steht das Feuer schon. Es drängt nach innen, der Mitte zu. Wie ich.

Ich komme näher. Erblick auf Deinem Körper die Wunden, scheußlich aufgeweitet. Die Fäule. Ich sehe Deinen Kopf von einem Tuch verdeckt, das auch Dein

Kinn umbindet. Seh die durchbohrten Beine, die man am Holz der Bahre festgebunden hat.

Da bricht mein Fuß im Holzstoß ein. So daß ich hängenbleibe, das Gleichgewicht verliere und mit dem anderen Bein ins Knie geh, um nicht hinzufallen. Mein Blick schweift ab, fällt auf die Menge. Man lacht über die Hilflosigkeit des »Jesus-Jüngers«. Ich seh sie näherdrängen. Die Wachen geben nach, der Menge nicht den Spaß zu nehmen. Ich hör sie rufen: »Helft ihm! Er will nur brennen, fallen will er nicht.«

Da erblick ich zwischen den Herandrängenden eine Gestalt, die auf mich zeigt, mit starrem Arm. Die ruft zu mir und deutet, wie verrückt, mit einer Hand, die blutet. Es ist der Alte, der mich um Vergebung bat. Der jetzt die Wachen überreden will hinaufzusehen. Zu sehen, was er sieht.

Von oben seh ich deutlich: er trägt die Kleidung eines Tempelwächters. Und ich erkenn ihn, erkenne hier ein zweites Mal, den ich *nicht* kenne! Es ist der Tempelwächter Samuel, der Vater des Boas, des Findlings, und Jakins, des Sohnes. Und also seh ich vor mir den, von dem ich träumte, den mir im Traum die Tirza zeigte!

Jetzt brechen Flammen aus der vierten Seite, die ich erklommen hatte. Zerteilen mir das Bild. Der Rauch verhängt mir den, der unten ruft. Auf den ich starrte.

Ich taumle zurück, schütze die Augen mit der Hand und falle rückwärts auf die Scheite. Die Flammen pressen hinterher. Ich winde mich aus einem Brandarm, krieche weiter. Die Hitze dringt in meine Kehle, zwingt sich hinab in meine Brust, will mir den Atem rauben. Ich kann das Rufen, die Frage Samuels nicht vergessen, nicht sein Gesicht. Hin durchs gespaltene Gestrüpp der Äste zieh ich mich, unter dem Schattengehusch hindurch, dem Schwarzgefleck aus Licht und Brandrauch, das über die Oberfläche des Stoßes streift. Es ist, als spiele über mir in diesem Feuer ein Baum mit seinem windgetriebnen Laub, mir Schatten streuend. Als spielte ich, noch Kind, in einem Flammengarten. So krieche ich zum Leichnam, erreich ihn durstig, atemlos.

Endlich kann ich den Körper meines Herrn berühren. Berühre Dich. Und reich mit meiner Hand hin an Dein Tuch, das, auch ums Kinn geschlungen, Dein Angesicht verdeckt. Zieh es von Dir, um Dich zu küssen.

Und kann nicht fassen, was ich seh.

Hier liegt, im Mittelpunkt des Feuers, ganz und gar unverdeckt, ein Angesicht. Gleichsam im Spiegelwasser einer Schale. Ich starre hin: ich kann nicht sehen, seh es doch.

Ich starr in mein Gesicht.

Ich bin es ... – Ich?! Hier liegt einer wie ich. Der mir so gleicht, daß Samuel, der in der Menge vor den Flammen steht, in mir den Boas sah. In mir den Findling. Seinen verlorenen Sohn. Als sei der auferstanden. Ja, aus der Kindheit auferstanden! Hier liegt einer, der mir so gleicht, daß ich den anderen erkenne. Der Judas hieß, mein Bruder. Der mir den Namen gab. Nach dem ich Judas Thomas und Zwilling hieß. Der hätte sterben sollen. Der ausgesetzt im Tempel, vergessen war. Bevor, in Trotzgewalt, er überlebte. Als Findlingssohn des Samuel, als Boas.

Hier war der Körper meines Herrn der meines Bruders. Und der verdeckt gewesen war, war eins mit ihm und mir. War auferstanden im Verbrennenden, war eingeholt in den Entzweiten, war wahrgeschaut im Traum. Hier war, im Feuer solcher Mitte, der Traum von Tirza wahr und Wirklichkeit. Geschautes von Geschehenem ungeschieden. Hier war noch alles ungetrennt. War ganz erinnert, unverloren. Entdeckt, nicht mehr verborgen. Hier war, der machtlos seinen Körper gab. Wie Du uns Machtlosen den Körper gabst, damit wir Nahrung hätten, aus unsrem Machtlossein neu aufzustehn. Im Körper Gottes sahen wir uns. Einander ohne Schuld. Und ich berührte seine Seite und küßte ihn, den ich gefunden. Der mir zuvorgekommen war und mir entgegen. Hier war mein Anfang: Denn der Dir nachzusterben suchte, war gestorben. Geboren war ich. Frei.

Ich sprang vom Feuerhaufen in die Menge. Und riß mich zu Dir durch. Und halt die Hand in Deine Seite, mein Bruder, Herr und Gott. Ich halt sie in den Anfang.

Hier.

Patrick Roth
Riverside
Christusnovelle
1991. Gebunden. 93 Seiten

»*Riverside* ist die Geschichte einer dramatischen Nacht, einer Nacht der Verstörung, der Irritation, durchströmt von der Furcht vor Erkenntnis. ... Prophetische Wucht auf der einen, penibles Erörtern und zögerndes Wägen auf der anderen Seite – *Riverside* ist ein Meisterstück der Dialogkunst, durchdacht bis ins kleinste Detail, brillant in Diktion und Dramaturgie ... ein literarisches Kleinod.«
Frankfurter Rundschau

»Tatsächlich ist *Riverside* anspruchsvolle Lektüre, ein Traktat über Glaubensfragen ... ein Krimi aus biblischer Zeit.«
Der Spiegel

»Roth, der Dichter, der aus der Ferne kommt, ist in seinem Debüt oft ganz nah am Seltensten: an spannender Poesie.«
Die Zeit

Patrick Roth
Johnny Shines
oder
Die Wiedererweckung der Toten
Seelenrede

1993. Gebunden. 183 Seiten

»Auch als Psychothriller gelesen, bleibt *Johnny Shines* eine furiose Ketzerei, ein Kassiber aus dem Hades des Verdrängten. Furchtlos noch in der Wahl der ungewöhnlichen Erzählperspektive, artistisch in der Vernetzung von Form und Inhalt, von Klängen, Rhythmen und Sinn, unbeirrbar in der – kongenialen – Uminterpretation religiös gebundener Überlieferung: Patrick Roth hat seinem Bravourstück *Riverside* ein zweites zugesellt.«

Deutsches Allgemeines Sonntagsblatt

»Keine Frage, Patrick Roth ist ein mit allen Weihwassern postbiblischer Erzählkunst gewaschener Erzähler.«

Die Zeit

»Gehe unter und du wirst frei werden! lautet die Botschaft. Das alles ist großartig – beängstigend großartig.«

Neue Zürcher Zeitung

suhrkamp taschenbücher
Eine Auswahl

Adorno: Erziehung zur Mündigkeit. st 11
Aitmatow: Dshamilja. st 1579
Alain: Die Pflicht, glücklich zu sein. st 859
Allende: Eva Luna. st 1897
– Das Geisterhaus. st 1676
– Die Geschichten der Eva Luna. st 2193
– Von Liebe und Schatten. st 1735
The Best of H. C. Artmann. st 275
Augustin: Der amerikanische Traum. st 1840
Bachmann: Malina. st 641
Bahlow: Deutsches Namenlexikon. st 65
Ball: Hermann Hesse. st 385
Barnes: Nachtgewächs. st 2195
Barnet: Ein Kubaner in New York. st 1978
Barthes: Fragmente einer Sprache der Liebe. st 1586
Becker, Jürgen: Gedichte. st 690
Becker, Jurek: Bronsteins Kinder. st 1517
– Jakob der Lügner. st 774
Beckett: Endspiel. st 171
– Malone stirbt. st 407
– Molloy. st 229
– Warten auf Godot. st 1
– Watt. st 46
Beig: Hochzeitslose. st 1163
– Rabenkrächzen. Eine Chronik aus Oberschwaben. st 911
Benjamin: Angelus Novus. st 1512
– Illuminationen. st 345
Berkéwicz: Adam. st 1664
– Josef stirbt. st 1125
– Maria, Maria. st 1809
Bernhard: Alte Meister. st 1553
– Auslöschung. Ein Zerfall. st 1563
– Beton. st 1488
– Claus Peymann kauft sich eine Hose und geht mit mir essen. st 2222
– Gesammelte Gedichte. st 2262
– Holzfällen. st 1523
– Stücke 1-4. st 1524, 1534, 1544, 1554
– Der Untergeher. st 1497
– Verstörung. st 1480
Blackwood: Der Tanz in den Tod. st 848
Blatter: Das blaue Haus. st 2141
– Wassermann. st 1597
Brasch: Der schöne 27. September. st 903
Braun, Volker: Gedichte. st 499
– Hinze-Kunze-Roman. st 1538
Brecht: Dreigroschenroman. st 1846
– Gedichte über die Liebe. st 1001
– Geschichten vom Herrn Keuner. st 16
– Hauspostille. st 2152
Bertolt Brechts Dreigroschenbuch. st 87
Broch: Die Verzauberung. st 350
– Die Schuldlosen. st 209
Buch: Die Hochzeit von Port-au-Prince. st 1260
– Tropische Früchte. st 2231
Burger: Der Schuß auf die Kanzel. st 1823
Cabrera Infante: Drei traurige Tiger. st 1714
Capote: Die Grasharfe. st 1796

265/1/11.93

suhrkamp taschenbücher
Eine Auswahl

Carpentier: Explosion in der Kathedrale. st 370
– Die Harfe und der Schatten. st 1024
Carroll: Schlaf in den Flammen. st 1742
Celan: Gesammelte Werke in fünf Bänden. st 1331/1332
Cioran: Syllogismen der Bitterkeit (1952). st 607
Clarín: Die Präsidentin. st 1390
Cortázar: Bestiarium. st 543
– Die Gewinner. st 1761
– Ein gewisser Lukas. st 1937
– Rayuela. st 1462
Dalos: Die Beschneidung. st 2166
Dorst: Merlin oder Das wüste Land. st 1076
Duerr: Sedna oder die Liebe zum Leben. st 1710
Duras: Hiroshima mon amour. st 112
– Der Liebhaber. st 1629
– Der Matrose von Gibraltar. st 1847
– Sommerregen. st 2284
Eich: Fünfzehn Hörspiele. st 120
Eliade: Auf der Mântuleasa-Straße. st 1826
Elias: Mozart. st 2198
– Über den Prozeß der Zivilisation. Soziogenetische und psychogenetische Untersuchungen. st 2259
Enzensberger: Ach Europa! st 1690
– Gedichte. st 1360
– Mittelmaß und Wahn. st 1800
– Zukunftsmusik. st 2223
Federspiel: Geographie der Lust. st 1895
– Die Liebe ist eine Himmelsmacht. st 1529
Feldenkrais: Abenteuer im Dschungel des Gehirns. st 663
– Bewußtheit durch Bewegung. st 429
– Die Entdeckung des Selbstverständlichen. st 1440
– Das starke Selbst. st 1957
Fleißer: Abenteuer aus dem Englischen Garten. st 925
– Eine Zierde für den Verein. st 294
Frisch: Gesammelte Werke in zeitlicher Folge. 7 Bde. st 1401-1407
– Andorra. st 277
– Homo faber. st 354
– Mein Name sei Gantenbein. st 286
– Montauk. st 700
– Stiller. st 105
– Der Traum des Apothekers von Locarno. st 2170
Fromm / Suzuki / Martino: Zen-Buddhismus und Psychoanalyse. st 37
Fuentes: Nichts als das Leben. st 343
Gandhi: Mein Leben. st 953
García Lorca: Dichtung vom Cante Jondo. st 1007
Goetz: Irre. st 1224
Gulyga: Immanuel Kant. st 1093
Handke: Die Angst des Tormanns beim Elfmeter. st 27
– Der Chinese des Schmerzes. st 1339
– Der Hausierer. st 1959
– Kindergeschichte. st 1071
– Langsame Heimkehr. Tetralogie. st 1069-1072

265/2/11.93

suhrkamp taschenbücher
Eine Auswahl

Kraus: Schriften in 20 Bänden. st 1311-1320, st 1323-1330
– Die letzten Tage der Menschheit. st 1320
– Literatur und Lüge. st 1313
– Sittlichkeit und Kriminalität. st 1311
Karl-Kraus-Lesebuch. st 1435
Kundera: Abschiedswalzer. st 1815
– Das Buch vom Lachen und vom Vergessen. st 2288
– Das Leben ist anderswo. st 1950
Laederach: Laederachs 69 Arten den Blues zu spielen. st 1446
Least Heat Moon: Blue Highways. st 1621
Lem: Die Astronauten. st 441
– Frieden auf Erden. st 1574
– Der futurologische Kongreß. st 534
– Das Katastrophenprinzip. st 999
– Lokaltermin. st 1455
– Robotermärchen. st 856
– Sterntagebücher. st 459
– Waffensysteme des 21. Jahrhunderts. st 998
Lenz, Hermann: Die Augen eines Dieners. st 348
Leutenegger: Ninive. st 685
Lezama Lima: Paradiso. st 1005
Lovecraft: Berge des Wahnsinns. st 1780
– Der Fall Charles Dexter Ward. st 1782
– Stadt ohne Namen. st 694
Mastretta: Mexikanischer Tango. st 1787
Mayer: Außenseiter. st 736
– Ein Deutscher auf Widerruf. Bd. 1. st 1500
– Ein Deutscher auf Widerruf. Bd. 2. st 1501
– Georg Büchner und seine Zeit. st 58
– Thomas Mann. st 1047
– Der Turm von Babel. st 2174
Mayröcker: Ausgewählte Gedichte. st 1302
Meyer, E.Y.: In Trubschachen. st 501
Miller: Am Anfang war Erziehung. st 951
– Das Drama des begabten Kindes. st 950
– Du sollst nicht merken. st 952
Morshäuser: Die Berliner Simulation. st 1293
Moser: Grammatik der Gefühle. st 897
– Körpertherapeutische Phantasien. st 1896
– Lehrjahre auf der Couch. st 352
– Vorsicht Berührung. st 2144
Muschg: Albissers Grund. st 334
– Fremdkörper. st 964
– Im Sommer des Hasen. st 263
– Das Licht und der Schlüssel. st 1560
Museum der modernen Poesie. st 476
Neruda: Liebesbriefe an Albertina Rosa. st 829
Nizon: Im Bauch des Wals. st 1900
Nooteboom: In den niederländischen Bergen. st 2253
– Mokusei! Eine Liebesgeschichte. st 2209
O'Brien: Der dritte Polizist. st 1810
Onetti: So traurig wie sie. st 1601
Oz: Bericht zur Lage des Staates Israel. st 2192

265/3/11.93

suhrkamp taschenbücher
Eine Auswahl

Handke: Die linkshändige Frau. st 560
– Die Stunde der wahren Empfindung. st 452
– Versuch über den geglückten Tag. st 2282
– Versuch über die Jukebox. st 2208
– Versuch über die Müdigkeit. st 2146
– Wunschloses Unglück. st 146
Hesse: Gesammelte Werke. 12 Bde. st 1600
– Demian. st 206
– Das Glasperlenspiel. st 79
– Klein und Wagner. st 116
– Klingsors letzter Sommer. st 1195
– Knulp. st 1571
– Die Morgenlandfahrt. st 750
– Narziß und Goldmund. st 274
– Die Nürnberger Reise. st 227
– Peter Camenzind. st 161
– Schön ist die Jugend. st 1380
– Siddhartha. st 182
– Der Steppenwolf. st 175
– Unterm Rad. st 52
– Der vierte Lebenslauf Josef Knechts. st 1261
Hettche: Ludwig muß sterben. st 1949
Hildesheimer: Marbot. st 1009
– Mitteilungen an Max über den Stand der Dinge. st 1276
– Tynset. st 1968
Hohl: Die Notizen. st 1000
Horváth: Gesammelte Werke. 15 Bde. st 1051-1065
– Jugend ohne Gott. st 1063
Hrabal: Ich habe den englischen König bedient. st 1754
– Das Städtchen am Wasser. st 1613-1615
– Tanzstunden für Erwachsene und Fortgeschrittene. st 2264
Hürlimann: Die Tessinerin. st 985
Inoue: Die Eiswand. st 551
– Der Stierkampf. st 944
Johnson: Das dritte Buch über Achim. st 169
– Mutmassungen über Jakob. st 147
– Eine Reise nach Klagenfurt. st 235
Jonas: Das Prinzip Verantwortung. st 1085
Joyce: Anna Livia Plurabelle. st 751
Kaminski: Flimmergeschichten. st 2164
– Kiebitz. st 1807
– Nächstes Jahr in Jerusalem. st 1519
Kaschnitz: Liebesgeschichten. st 1292
Kiefer: Über Räume und Völker. st 1805
Kirchhoff: Infanta. st 1872
– Mexikanische Novelle. st 1367
Koch: See-Leben. st 783
Koeppen: Gesammelte Werke in 6 Bänden. st 1774
– Jakob Littners Aufzeichnungen aus einem Erdloch. st 2267
– Tauben im Gras. st 601
– Der Tod in Rom. st 241
– Das Treibhaus. st 78
Konrád: Der Komplize. st 1220
– Melinda und Dragoman. st 2257
Kracauer: Die Angestellten. st 13
– Kino. st 126

265/4/11.93

suhrkamp taschenbücher
Eine Auswahl

Oz: Black Box. st 1898
– Eine Frau erkennen. st 2206
– Der perfekte Frieden. st 1747
Paz: Essays. 2 Bde. st 1036
– Gedichte. st 1832
Penzoldt: Idolino. st 1961
Percy: Der Idiot des Südens. st 1531
Plenzdorf: Legende vom Glück ohne Ende. st 722
– Die neuen Leiden des jungen W. st 300
Poniatowska: Stark ist das Schweigen. st 1438
Praetorius: Reisebuch für den Menschenfeind. st 2203
Proust: Auf der Suche nach der verlorenen Zeit. 10 Bde. suhrkamp taschenbücher
Puig: Der Kuß der Spinnenfrau. st 869
– Der schönste Tango der Welt. st 474
Ribeiro: Brasilien, Brasilien. st 1835
Rochefort: Zum Glück gehts dem Sommer entgegen. st 523
Rodoreda: Auf der Plaça del Diamant. st 977
Rothmann: Stier. st 2255
Rubinstein: Nichts zu verlieren und dennoch Angst. st 2230
Russell: Eroberung des Glücks. st 389
Sanzara: Das verlorene Kind. st 910
Semprún: Die große Reise. st 744
– Was für ein schöner Sonntag. st 972
Sloterdijk: Der Zauberbaum. st 1445
Späth: Stilles Gelände am See. st 2289
Sternberger: Drei Wurzeln der Politik. st 1032
Strugatzki / Strugatzki: Die häßlichen Schwäne. st 1275
– Eine Milliarde Jahre vor dem Weltuntergang. st 1338
Tendrjakow: Die Abrechnung. st 965
Unseld: Der Autor und sein Verleger. st 1204
– Begegnungen mit Hermann Hesse. st 218
Vargas Llosa: Der Geschichtenerzähler. st 1982
– Der Hauptmann und sein Frauenbataillon. st 959
– Der Krieg am Ende der Welt. st 1343
– Lob der Stiefmutter. st 2200
– Tante Julia und der Kunstschreiber. st 1520
– Wer hat Palomino Molero umgebracht? 1786
Walser, Martin: Die Anselm Kristlein Trilogie. (Halbzeit, Das Einhorn, Der Sturz). st 684
– Brandung. st 1374
– Ehen in Philippsburg. st 1209
– Ein fliehendes Pferd. st 600
– Jagd. st 1785
– Jenseits der Liebe. st 525
– Liebeserklärungen. st 1259
– Lügengeschichten. st 1736
– Das Schwanenhaus. st 800
– Seelenarbeit. st 901
– Die Verteidigung der Kindheit. st 2252
Walser, Robert: Der Gehülfe. st 1110

265/5/11.93

265/6/11.93